MORTE NA PRIMAVERA

Magdalen Nabb

MORTE NA PRIMAVERA

Tradução
Johann Heyss

São Paulo 2010

Death in Springtime
Magdalen Nabb
First published in 1983
Copyright © 1999 by Diogenes Verlag AG Zürich
All rights reserved
Copyright © 2010 by Novo Século Editora

PRODUÇÃO EDITORIAL	Sieben Gruppe Serviços Editoriais
CAPA	Guilherme Xavier
TRADUÇÃO	Johann Heyss
PREPARAÇÃO	Maria Cristina Souza Leite
PROJETO GRÁFICO	Andressa Lira
DIAGRAMAÇÃO	Cissa Tilelli Holzschuh
REVISÃO	Renata Fontes

Dados Internacionais de Catalogação na Publicação (CIP)
(Câmara Brasileira do Livro, SP, Brasil)

Nabb, Magdalen
Morte na primavera / Magdalen Nabb ; tradução Johann Heyss. -- Osasco, SP : Novo Século Editora, 2009.
Título original: Death in springtime.
1. Ficção policial e de mistério (Literatura inglesa) I. Título.

09-09917 CDD-823.0872

Índices para catálogo sistemático:
1. Ficção policial e de mistério : Literatura inglesa 823.0872

2010
IMPRESSO NO BRASIL
PRINTED IN BRAZIL
DIREITOS CEDIDOS PARA ESTA EDIÇÃO À
NOVO SÉCULO EDITORA.
Rua Aurora Soares Barbosa, 405 – 2º andar
CEP 06023-010 – Osasco – SP
Tel.: (11) 3699-7107 – Fax: (11) 3699-7323
www.novoseculo.com.br
atendimento@novoseculo.com.br

Uma carta de Georges Simenon

Cara amiga e companheira escritora,

Que prazer perambular com você pelas ruas de Florença com seus carabinieri, *seus trabalhadores, suas tabernas e até mesmo com seus turistas barulhentos. Tudo é tão vivo: seus sons claros, seus cheiros tão perceptíveis quanto a leve névoa matinal sobre o fluxo ligeiro do rio Arno que segue adentrando as colinas aos pés das montanhas onde os pastores sardenhos, com suas tradições e seu ritmo de vida quase intocado, são retratados com tanta destreza. O que qualquer um não daria para provar um de seus queijos* ricotta*!*

Você conseguiu absorver e descrever tudo isso com vivacidade, tanto a hierarquia dos carabinieri, *e sem dúvida o inefável promotor substituto, ou a taberna nas primeiras horas da manhã. Não há sinal de nada que seja falso. Você chega a capturar aquela cintilação no ar que é tão típica dessa cidade e do interior ainda intocado localizado tão perto.*

Este livro deve ser saboreado, mais ainda que seus dois predecessores. É a primeira vez que vejo o tema do sequestro tratado com tamanha simplicidade e plausibilidade. Apesar de ser grande a lista de personagens, eles são tão bem entalhados em poucas palavras que suas idas e vindas são facilmente acompanhadas.

Bravíssimo! Você não apenas cumpriu como superou as expectativas.

Georges Simenon
Lausanne, Abril de 1983

1

– Não pode ser. Hoje é primeiro de março...
– Mas é, veja!
– Só pode ser alguma semente soprando no vento.
– Que vento? Estou dizendo que é neve!

A população inteira de Florença acordou piscando os olhos de espanto e consternação. As pessoas abriram suas persianas violentamente e trocaram exclamações pelos pátios e ruas estreitas.

– Está nevando!

Havia nevado na cidade somente uma vez nos últimos quinze anos ou algo assim, e isso foi bem no meio de um inverno, quando um vento gélido vindo das estepes russas tomou toda a península italiana e cobriu até as vias expressas como um paralisante cobertor branco. Mas hoje era primeiro de março. E para tornar a coisa ainda mais incrível, o tempo esteve excepcionalmente quente nas últimas duas semanas, e os primeiros turistas, sempre os que vinham da Alemanha, andavam para lá e para cá com suas roupas de cores luminosas, as mulheres com seus braços brancos e gorduchos de fora por causa do febril sol de fevereiro. Os próprios florentinos somente começavam a tirar do armário suas capas de chuva verdes impermeáveis lá pelo final de abril, e ainda assim algumas pessoas foram ludibriadas de tal forma que chegaram a colocar seus vasos de gerânios nos parapeitos das janelas e, nas noites temperadas, deixavam suas persianas de madeira semiabertas, revelando faixas de luz amarela e silhuetas humanas tentando ver o que estava acontecendo na *piazza*, o que dava a impressão de uma noite de verão.

Até então apenas os plantadores de uva e trigo dos montes nos arredores haviam reclamado do tempo. Afinal, já devia estar chovendo nesta época do ano. Agora, para coroar a situação, estava nevando, e as pessoas estavam mais surpresas do que se estivesse chovendo confete.

O *rush* das oito horas começara sob a vista de uma luz fraca e fria. Acima, crianças apertavam os narizes contra as janelas de iluminados apartamentos, largando trilhas de vapor que elas apagavam ou nas quais desenhavam com o dedo.

O céu estava tão vazio que a neve parecia cair do nada ao aparecer entre os grandes edifícios de pedra. Grandes flocos molhados que inundavam a estrada e sumiam, deixando apenas uma faixa de umidade mosqueada entre as calçadas e as sarjetas secas que eram protegidas pelas calhas acima.

As pessoas que estavam na fila do ônibus da diminuta Piazza San Felice levantaram suas golas e olharam para o céu com ansiedade, pensando se deveriam estar de cachecol e luvas. Mas nem estava frio! Não havia qualquer explicação para aquilo. Guarnaccia, marechal dos *carabinieri*, estava do outro lado, parado na esquina onde costumava ficar depois de tomar café no bar. Estava bem perto de um grupo de mães fofoqueiras que acabavam de deixar seus filhos aos cuidados de uma freira que os levava para uma escola primária perto da igreja, mas ele era o único que não estava olhando para a neve, apesar de ter levantado a gola do sobretudo preto em um gesto automático, e sim, para a *trattoria* do outro lado da rua. Lá as luzes estavam em grupos de globos pendentes e o filho do dono vestindo seu avental branco e sujo enrolado no corpo varria o chão preguiçosamente, juntando a poeira detrás da porta de vidro enquanto olhava para o tempo sem nada entender. O garoto era magro e cheio de espinhas, tinha cabelos negros fartos e apenas dezesseis anos, mas o marechal Guarnaccia já o vira se drogando na escadaria da igreja Santo Spirito, sentado com o mesmo grupo de sempre, irrequieto e olhando furtivamente como somente os novos usuários de drogas fazem.

O ônibus de número 15 chegou e parou, bloqueando a visão do marechal. O ônibus também estava iluminado, e todos os rostos ao longo do veículo pareciam hipnotizados pelos grandes flocos que caíam, lentos e flutuantes, em frente às janelas. O marechal, preocupado com o que dizer – se é que devia dizer alguma coisa – ao pai do garoto, e também com um caso que seria encaminhado ao tribunal dentro de cinco dias, continuou a ignorar a neve, apesar de que, na qualidade de siciliano, ele devia estar mais impressionado do que os florentinos. Todavia, ele estava destinado a se lembrar disto muito bem e a ser levado à exaustão por testemunha após testemunha que repetia a mesma frase irritante, com o mesmo sorriso de desculpas:

– Falando honestamente, não percebi nada. Não sei se o senhor se lembra, mas estava nevando naquela manhã... Imagine só, neve no centro de Florença, e em março...

O ônibus sinalizou e se afastou. O garoto havia encostado a vassoura e sumido nos fundos do restaurante. As primeiras toras de lenha foram postas no fogo onde eles assavam carne que começava a ser lambida pelas longas labaredas. Sobre o edifício alto, a fumaça azul do fogão a lenha flutuava à deriva entre os fracos flocos de neve, acrescentando seu doce cheiro aos odores matinais dominantes de café e fumaça de exaustores.

O marechal olhou para o relógio de pulso. Não havia tempo agora para fazer nada quanto ao garoto se ele fosse fazer a visita que pretendia à prisão. Em todo caso, seria melhor tentar conversar com o rapaz pessoalmente primeiro e deixar o pai de fora disso. E depois era mais que provável que um deles ou mesmo ambos o mandassem tomar conta da própria vida. Ele suspirou e foi atravessar a rua. Um carro estava vindo à sua esquerda e sinalizando de modo intermitente diante do trânsito de uma só mão que subia, cruel, a Via Romana. Duas garotas estavam na frente e alguém no banco de trás se debruçava entre elas, evidentemente tentando orientar a direção detrás de um mapa enorme. Mais turistas. A invasão começava mais e mais cedo a cada ano, tornando impossível cuidar das coisas do dia a dia em meio às ruas estreitas superlotadas. Ontem mesmo alguém escrevera aos editores do *Nazione* sugerindo com tristeza que o prefeito providenciasse uma área de *camping* nas montanhas para os florentinos, já que não havia mais lugar para eles em sua própria cidade. Por mais rentável que o turismo pudesse ser, a invasão anual os deixava indignados.

Também era cedo para os sardenhos tocadores de gaita de foles, que não costumavam aparecer muito entre o Natal e a Páscoa. Mas, ao caminhar em direção à Piazza Pitti e à delegacia, o marechal viu um deles vindo em sua direção, envolto em um longo manto negro de pastor e carregando debaixo do braço o instrumento com seu fole de pele de carneiro. Ele estava tocando de modo desarticulado e bem desarmônico, e ninguém reparava nele nem lhe dava dinheiro. O marechal automaticamente olhou para o outro lado da rua na expectativa de ver outro gaitista a tocar a melodia em uma gaita de foles menor, mais parecida com um oboé, mas não viu ninguém. Provavelmente entrara em alguma das lojas para pedir dinheiro. Não havia tempo a perder, e o marechal foi subindo ao pátio de acesso do Palazzo Pitti, espremendo seu corpanzil incontestavelmente acima do peso por entre os carros estacionados rentes uns aos outros e sumindo sob a passagem arcada de pedra.

Quando ele enfiou a cabeça no escritório para dizer que estava pegando a *van*, acrescentou, como quem pensa duas vezes "Está nevando..."

Nos montes Chianti, logo depois de Florença, nevara forte, e o céu permaneceu baixo e branco o dia inteiro. Os flocos soltos derretiam rapidamente nas estradas pedregosas cor de ocre, mas conseguiram se agarrar aos brotos de trigo. Cada uma das pequenas folhas duras nas oliveiras tinha um naco de neve. Nada estava congelando e nem havia o risco de congelar, e o povo do interior olhava pelas janelas trancadas dos castelos, chácaras e fazendas, observando aquele tempo inesperado mas inofensivo com limitado interesse, apenas olhando desconfiados para o céu branco e dizendo:

– É de chuva que precisamos...

Mas a neve continuou caindo o dia inteiro. No começo da noite caiu neve com chuva, e lá pela meia-noite a chuva passou a cair com força, enchendo valas, fossas e canais escuros e enxaguando o peso morto das pequenas árvores. Às quatro da manhã as luzes de uma *van* brilharam em meio à chuva pesada, iluminando um pedaço da estrada destruída que levava aos vilarejos de Taverna e Pontino no topo do monte. A *van* parou, e suas luzes apagaram-se por alguns instantes, então ela recuou, deu meia-volta e foi embora com as luzes traseiras vermelhas borradas pela névoa.

Depois que não dava mais para ouvir o barulho do motor, ouviram-se passos abafados avançando na escuridão. Quando os passos atravessaram o portão de uma fazenda, um cachorro começou a latir, mas nenhuma luz se acendeu. O cachorro perdeu o interesse à medida que os passos foram sumindo ao longe. Em uma curva da estrada que marcava o começo de Pontino havia uma figura emoldurada por um pequeno arco de pedra. Somente se via a diminuta luz vermelha e as flores de plástico em um pote de geleia a seus pés. Os passos pararam ao chegar perto da imagem. A minúscula lâmpada vermelha emitiu uma luz vagamente rosada que mostrou a silhueta esguia de uma moça que levou uma das mãos em direção à figura e então desmoronou, batendo a testa em uma das pedras pontudas do arco. Por mais de uma hora a chuva bateu fortemente na grama, no arco e na figura encolhida, então a moça se levantou e foi, trôpega, em direção ao vilarejo de Pontino, às vezes perambulando pela estrada, confusa por causa de outras pequenas luzes vermelhas que apareceram ao seu redor. Na *piazza* havia uma única luz acesa, mas a garota, ao invés de seguir em direção a ela, caminhou em círculos, topando em árvores, bancos e postes na escuridão. Somente depois de algum tempo, e por acidente, ela se percebeu olhando para uma janela iluminada. A chuva lhe batia na cabeça e escorria, abundante, pelo vidro através do qual ela viu um borrão de flores. No meio das flores havia uma figura assemelhada a um gnomo usando um grande avental verde e um turbante listrado. Ele balançava para a frente e para trás, aparentemente se acalentando enquanto mergulhava um longo pincel em grandes potes de tinta vivamente coloridas.

Ele emplastrava de tinta as margaridas brancas em seu colo, deixando-as turquesas, magentas e azuis.

Acima da figura que pintava havia uma luzinha vermelha e uma imagem de gesso lascada da Virgem embalando um bebê. As flores no vaso aos pés da estátua eram de plástico. O rosto pintado da Virgem olhava pela janela com um sorriso apagado, enquanto a moça levantava a mão molhada e fria para bater no vidro.

2

– Ligue para Pisa primeiro para pedir os helicópteros, quero que encontrem o carro. Eles vão ter de começar ao redor da Via Senese deste lado e seguir rumo ao sul. Não, não precisa bloquear as estradas a esta hora, já é tarde demais... em algum momento amanhã de manhã, não tenho nada mais definido. Vou precisar imediatamente de cães farejadores, e eles terão de ser mandados diretamente a Pontino, não precisa fazer com que venham se apresentar aqui antes. A garota que eles soltaram está em estado de choque. Vou mandar que a tragam aqui para Florença assim que ela puder ser transferida, mas teremos que deixá-la onde está por agora. Na verdade, poderia me colocar na linha com Pontino outra vez? A esta hora eles já devem ter algo mais para mim...

Havia um caderno em branco sobre a mesa em frente ao capitão Maestrangelo, e ele estava com uma caneta na mão, mas não anotava nada. Não precisava. A rotina a este ponto jamais variava. Era improvável que ele achasse necessário sair de seu escritório antes da hora de visitar os pais da garota desaparecida, e no meio tempo era capaz de dar as ordens de sempre, mesmo que sonolento – o que, de fato, estava, pois o tiraram da cama pouco depois das cinco da manhã. Agora eram cinco e vinte e cinco e ele esfregou com as mãos o rosto por barbear ao desligar o telefone e se recostar à cadeira por um instante antes de lhe transferirem a ligação para Pontino. As luzes estavam acesas em seu escritório, de onde comandava a *Companhia de Carabinieri* que cobria a parte da cidade que ficava ao sul do rio Arno e uma boa extensão de terra do interior ao sul, passando pelos montes Chianti até chegar aos limites da província de Siena. Era pura falta de sorte sua o vilarejo de Pontino ficar dentro da divisa e terem-no acordado logo ao amanhecer, e não a algum colega de Siena. A cidade do lado de fora de sua janela ainda estaria invisível se não fosse o contorno quase imperceptível dos telhados da Borgo Ognissanti contra a escuridão do céu. Um caminhãozinho ou outro ocasionalmente estrondava ao longo da ribeira em direção ao mercado central. Dentro de meia hora uns doze carros entrariam pelo pátio interno e o turno da manhã estaria encerrado. A rotina nunca mudava... estradas bloqueadas se o sequestro fosse denunciado imediatamente, helicópteros, cães, informar o promotor substituto, preparar a busca do "cabeça da operação", a espera pelo primeiro contato. Os pais eram a única variável, mas mesmo assim eles não variavam muito; suas reações também seguiam um padrão previsível tão bem compreendido pelos policiais quanto pelos sequestradores. A ligação do capitão de Pontino foi transferida. O *carabiniere*-brigadeiro em Pontino agora estava pronto e com um relatório preliminar completo que se pôs a ler lentamente, palavra por palavra como ele escrevera, longa e meticulosamente. O capitão não o interrompeu. Nenhum promotor substituto gostaria de ser chamado àquela hora.

– Então a garota disse em algo bem próximo do italiano "Deborah ainda está com eles. Preciso ligar para o Consulado Americano." Depois ela tornou-se bem menos coerente. Então eu liguei para o médico local e para o quartel-general...

A única coisa que estava incomodando o capitão àquela altura era pensar que tipo de promotor substituto ele teria de encarar. Casos assim são lentos e delicados. Não era apenas questão de ter de manter os pais sob controle apesar do fato de eles e a polícia estarem, em muitos sentidos, trabalhando em objetivos opostos; era o perigo da interferência de terceiros... um intermediário com poder e influência era o que o capitão mais temia...

– Um suéter de lã azul com padronagem vermelha e azul escuro nos ombros. Calças *jeans* de marca americana em cujos bolsos foram encontrados dois ingressos de cinema, uma carteira de couro marrom com um detalhe em vermelho contendo...

Um promotor substituto experiente que entrasse bem no seu caminho se as coisas ficassem complicadas... e nem sempre ele dava sorte...

– Comprimidos para a garganta de nome *Winky* feitos em Milão, com a cartela rasgada e três comprimidos. Uma carta escrita à mão em inglês em papel pautado, endereçada ao consulado americano de Florença, sem envelope..."

– O quê?

– Não havia envelope...

– A carta, brigadeiro, a carta! O que tinha nela?

– Lamento dizer que não há ninguém aqui que possa...

– Estou indo para aí imediatamente, mas antes deixe-me falar com o promotor – bem, a despeito de quem fosse o promotor substituto, ele teria de levantar da cama às vinte e cinco para as seis, gostando ou não. Não era a melhor maneira de começar, mas era assim que teria que ser...

O promotor substituto era um homem novo, milanês, a julgar pela rapidez de seu discurso e pelo jeito que engolia as letras "s", e longe de se irritar, ele pareceu achar graça.

– Eu estava mesmo me perguntando se valia a pena ir dormir ou não. Vou tomar uma chuveirada e o encontro dentro de vinte minutos. Imagino que o senhor tenha vasta experiência neste tipo de coisa, certo?

– Sim.

– Ótimo. Eu não tenho. Vou tomar aquela chuveirada – e desligou.

Confuso, o capitão mandou chamar um carro e, após pensar por um instante, disse ao seu sonolento ajudante que voltaria ao alojamento para fazer a barba e tomar café.

Ele estava se perguntando se valia a pena ir dormir ou não...? Que tipo de homem... esse negócio de carta não estava colando mesmo... o fato de eles levarem as duas garotas e soltarem apenas uma delas podia significar simplesmente um problema de identificação, apesar de até isso ser improvável, mas mandar uma primeira mensagem antes de dar tempo para os pais ficarem histéricos, talvez até mesmo antes que eles soubessem... aquilo tudo só podia ser algum tipo de trote ou farsa, mas a condição da garota... um trote que deu errado! De qualquer forma, era impossível julgar sem ler a carta ao chegar lá... se valia a pena ir dormir ou não às cinco e quarenta e cinco da manhã? Que tipo de promotor substituto era esse?

Um promotor que fumava demais; isso ficou evidente quando o carro pegou a autoestrada sul rumo a Siena com luzes e sirenes ligadas apesar da estrada bastante tranquila. Ainda estava escuro, e o tempo estava úmido e nebuloso, mas a névoa azul dentro do carro ficou bem pior quando o promotor substituto acendeu seu terceiro pungente cigarrinho toscano. O capitão tentou baixar a janela de trás o mais despercebidamente possível quando o jovem subtenente sentado atrás do motorista começou a ficar sufocado. Mas o promotor substituto alcançou-lhe o movimento e, com um rápido sorriso de canto de boca e um olhar deplorável ao objeto ofensor, ele se empinou no assento e disse solenemente "É meu único vício".

Do canto do olho, o capitão captou as roupas elegantes e evidentemente caras, percebeu o perfume que a fumaça do cigarro não conseguiu encobrir e lembrou-se do que ele havia dito sobre se valeria a pena ir dormir. Ele nada disse.

O carro saiu da autoestrada, deixando para trás as novas fábricas luminosas nos arredores do vale e pegando uma estrada sinuosa e estreita à direita rumo às colinas. Mesmo com o sombrio começo de um amanhecer chuvoso, as vinhas recém-brotadas pontilhavam as vertentes com um verde quase luminoso, mas as oliveiras tinham o mesmo tom cinzento fantasmagórico da névoa. Umas poucas pessoas já estavam em atividade no primeiro vilarejo pelo qual passaram, e quando chegaram mais acima à *piazza* em Pontino já havia um grupo de pessoas se amontoando sob a luz e o calor da entrada do *Bar Itália* à espera do primeiro ônibus para Florença. A padaria e a banca de jornais estavam abertas e havia uma luz acesa no posto dos *carabinieri* que ficava entre elas. Um rosto jovem e ansioso desapareceu da janela quando o carro em que eles estavam parou e estacionou sob as árvores gotejantes, mas foi o próprio brigadeiro quem apareceu para recebê-los. Parecia perturbado, e estava. Ele não esperava por esta visita precipitada e passara a última hora berrando com qualquer um que visse. A pessoa que lavou a louça de ontem não havia lavado o fogão, não havia lâmpada em uma das celas no porão e tiveram de mandar alguém acordar o funileiro, pois ninguém achava uma lâmpada de reserva. O café preparado pelo Sartini, aquele tolo folgado, estava aguado como sempre e o próprio brigadeiro não tivera tempo de ir para casa se barbear. Um de seus homens fora idiota a ponto de dizer que o capitão da companhia provavelmente não ia querer usar o fogão e que jamais vira ninguém usar aquela cela em seus oito anos naquele lugar. O brigadeiro ainda estava aos berros quando Sartini vira o carro.

– Capitão – o brigadeiro saudou o promotor, o capitão e o jovem subtenente, e recuou para que eles entrassem. O motorista esperou no carro. – Infelizmente não está tudo como eu gostaria que estivesse por aqui. O senhor sabe, é claro, que há dois meses não temos um marechal por aqui e não é que eu não consiga dar conta após vinte anos de serviço neste vilarejo, mas mesmo assim...

– Vinte anos... então o senhor conhece esta área até pelo avesso.

– Cada centímetro. Não é o que eu...

– Ótimo. E a garota? Está consciente? – o capitão sentou-se na cadeira do brigadeiro onde os objetos pessoais da moça estavam cuidadosamente dobrados e etiquetados. Ele imediatamente se levantou e desdobrou o pedaço de papel pautado. O promotor substituto recusara a cadeira que lhe fora oferecida, preferindo perambular pelo recinto dando breves tragadas em seu cigarro e observando a tudo e a todos com entretido desprendimento, o que dava a impressão de que ele estava levemente surpreso, mas contente de ter de atuar no escritório do promotor público. Ele acomodou-se perto da janela e olhou para o clube comunista de tijolos vermelhos depois das árvores em crescimento.

– Ela está em um pequeno hospital, ainda inconsciente pelo que sei. Deixei um de meus garotos lá caso ela volte a si, mas ela está com febre alta e receiam que ela esteja com broncopneumonia. Não temos como saber quanto tempo ela ficou debaixo daquela chuva. Ela também está ferida em uma das pernas, e não pode ser transferida para Florença antes de vinte e quatro horas, pois ela bateu com a cabeça ao cair e pode haver concussão.

– Tenente – o capitão passou o bilhete ao jovem guarda que estava parado, teso, junto à parte interna da porta. O inglês do capitão era passável, mas o jovem era fluente. Ele leu a carta em voz alta:

Querido paizinho,
Eles me sequestraram. Por favor, me ajude. Eles vão mandar uma mensagem ao consulado. O senhor precisa me ajudar, paizinho, preciso do senhor.
                                        Debbie

O capitão ficou parado em frente a ele em silêncio por algum tempo.

– Isso é tudo, senhor – o jovem tenente devolveu a carta.

O capitão a pegou e deu uma olhada nela, ainda sem nada dizer. Enfim, ele disse:

– Obrigado. Vá para o hospital e libere o policial local. Fique de olho na cama dessa outra garota. O nome dela – ele deu uma olhada no relatório do brigadeiro ao lado do telefone – é Katrine, Katrine... Se ela voltar a si, fale com ela. Escreva qualquer coisa que ela diga, mesmo que esteja dormindo profundamente ou ardendo em febre. Você terá de ficar até durante a noite, se necessário. Nós não sabemos a nacionalidade dela, mas, como seu italiano é fraco, é provável que ela fale em inglês com a amiga americana. Vá para lá imediatamente. Brigadeiro, o senhor poderia nos emprestar um de seus homens para mostrar o caminho a ele?

– Sim, senhor. Sartini! – o brigadeiro saiu à procura daquele "grande idiota folgado", contente ao pensar que poderia se livrar dele, nem que fosse por vinte minutos.

O promotor substituto deixara de olhar pela janela para observar o capitão com curiosidade. Alguém datilografava de modo capenga na sala ao lado.

– Algo estranho?

– Parece que sim. Mas, por outro lado, ainda é muito cedo para avaliar. Vamos seguir com o procedimento de rotina por enquanto.

– Que é...?

– Os cães farejadores logo chegarão. Com as roupas da garota eles poderão rastreá-la ao menos até o ponto em que a soltaram durante a noite, ao menos espero que sim, depois de toda aquela chuva... Enquanto isso, os helicópteros vão patrulhar os arredores, especialmente onde houver fazendas ou cabanas vazias. O brigadeiro aqui sabe onde ficam todos os possíveis esconderijos. Normalmente eu também bloquearia as estradas, mas neste caso talvez já seja tarde demais.

– Mas não é possível que a outra garota esteja a centenas de quilômetros daqui e que essa tenha sido largada aqui para lhe desviar da direção certa?

– É mais que possível; é provável, mas, até sabermos onde mais procurar, procuraremos por aqui. A verdadeira busca não pode começar antes de descobrirmos com que tipo de sequestradores estamos lidando. Por agora – até onde sabemos – eles podem ser uma dupla de amadores deste vilarejo que estão mantendo a garota há dez minutos daqui. Então vamos procurar por aqui. E ao menos vamos encontrar o carro das garotas, pois, de acordo com o que se entende no depoimento dela, elas foram tiradas do carro em algum ponto da estrada entre este vilarejo e Taverna ontem de manhã...

Uma comoção do lado de fora da janela anunciou a chegada da *van* com os cachorros e seus adestradores. À medida que a manhã avançou, um pequeno grupo formou-se na *piazza*, e as pessoas saíram para comprar pão ou comer um desjejum às pressas no bar antes de pegar o ônibus. Um ou dois dentre os carros estacionados debaixo das árvores no centro deram a partida e saíram. Os cães estavam inquietos e arfantes, e sua respiração criava vapor no tempo chuvoso. Um dos policiais entrou no escritório e cumprimentou brevemente.

– Capitão. O que temos hoje?

Ele pegou as calças *jeans* da garota da pilha de roupas e resmungou "Depois daquele temporal ontem à noite..."

Assim que o policial saiu, a cabeça do brigadeiro apareceu à porta.

– Eu pedi para o florista ficar aqui, caso queira conversar com ele. Mas, se não quiser, vou deixá-lo voltar ao trabalho. Já mandei datilografarem o depoimento dele.

O ruído de máquina de escrever na sala ao lado havia parado.

– Vou falar com ele. Traga seu depoimento também.

O florista havia tirado seu grande avental verde, mas o brigadeiro o forçara a tirar seu chapéu de feltro enquanto o trazia porta adentro, murmurando entre dentes "Isto aqui é um escritório do governo, o senhor sabe muito bem..."

O florista sentou-se com as costas retas, o chapéu bem encaixado sobre os joelhos, mortificado de ter de exibir a careca, algo que ele jamais fizera, nem mesmo na hora das refeições. Ele somente descobria a cabeça ao apagar a luz para se deitar.

O capitão deu uma olhada para ele e logo perguntou:

– Cavalaria?

O velho, que estava a ponto de começar a reclamar por estar sendo detido por tanto tempo, corou de orgulho e prazer.

– Segunda Genova.

Ele mantinha nos fundos da loja uma fotografia de si mesmo a cavalo e com uniforme completo. Naquela época ele tinha um cabelo grosso e ondulado. Não havia uma moça na cidade que ele não pudesse... mas quando ele pensou nisso, não havia nada em seu depoimento, ao menos que ele lembrasse, que dissesse nada sobre... Ele tentou ler novamente de ponta-cabeça, mas o capitão pegou o depoimento, murmurando ao passar os olhos:

– Está óbvio pelo seu jeito de se sentar. Algo que jamais se esquece...

Vittorio MORI, nascido em Pontino, província
de Florença, 11.3.1913, onde ainda reside.
Ocupação: florista.

Abre aspas: Lá pelas cinco e meia desta manhã, quando havia acabado de voltar do mercado de flores, eu estava trabalhando na parte da frente da minha loja quando tive a impressão de ter ouvido um barulho estranho do lado de fora da janela...

– Teve a impressão de ter ouvido? – o capitão levantou os olhos, intrigado.
– Bem, porque, em primeiro lugar, eu estava com o rádio ligado, para não falar do forno de parafina, que faz um barulhinho, e uma toalha enrolada na cabeça... Eu estava tentando secar meus cabelos, minhas roupas e fiquei ensopado ao ir para o mercado.

O capitão não pôde evitar um olhar furtivo para o domo reluzente flanqueado por dois tufos de cabelos grisalhos.

O florista girou o chapéu, melancólico e disse:
– Na minha idade a pessoa tem que se cuidar... Enfim, havia ainda outra questão, estava chovendo tanto que o vento chacoalhava as vidraças na escuridão... mesmo assim, eu estava convencido de ter ouvido algo, e àquela hora não costuma haver mais ninguém a não ser o padeiro, e ele está bem aqui deste lado da *piazza*, então eu tive que dar uma olhada e vi aquela garota caída no chão debaixo de chuva. Senti um arrepio, não vou negar. Ela não é daqui...?
– Não – o capitão não se dispôs a dar mais informações.
– Achei que não fosse. Fui direto à casa do brigadeiro e toquei a campainha. Eu não queria tocá-la sem saber o que... mas pus um cobertor sobre ela. O brigadeiro chamou um de seus homens, e nós a carregamos para cá. Ela recobrou a consciência brevemente quando a trouxemos para a luz, mas tive dificuldade em entender o que ela disse. Pelo que percebi, ela é estrangeira...

– Prossiga.

– Não há muito mais a dizer, na verdade, como pode ver pelo que eu disse ao brigadeiro – exceto que, seja lá o que for que tenha acontecido, eu não tenho nada com isso – acredito que ela tenha sido atraída pela luz em minha janela, caso estivesse perdida.

– Creio que sim.

– O padeiro trabalha nos fundos, sabe, então não se vê nenhuma luz acesa por lá antes das seis da manhã, quando ele abre a padaria. De qualquer forma, não tem nada a ver comigo. Eu já disse tudo que sei e preciso voltar – já perdi duas horas de trabalho.

– Já leu seu depoimento?

– Sim, com o brigadeiro, antes.

– E não quer acrescentar nem mudar nada?

– Já disse tudo, não tem nada a ver com...

– Então assine aqui.

Os dedos grossos estavam respingados de tinta brilhante.

– E aqui. Certo, pode ir. Se precisarmos novamente do senhor, mandaremos chamá-lo, mas é pouco provável.

O chapéu do florista já estava novamente cobrindo-lhe a cabeça antes da porta se fechar atrás de si. O capitão chamou o guarda que havia conduzido o florista até a saída:

– Peça ao brigadeiro para entrar, sim?

O brigadeiro estava com o rosto vermelho:

– As coisas não são como deveriam ser... – ele começou outra vez e foi parando de falar lentamente quando o capitão lhe indicou a cadeira para que se sentasse.

O promotor substituto subitamente puxou uma cadeira, acendeu um grande cachimbo e começou a observar com interesse enquanto os outros dois examinavam os pertences da garota.

– Nada que nos ajude – o capitão disse enfim. – E nem sequer temos o sobrenome dela.

– Apenas o primeiro nome. Ela não estava demonstrando muita coerência... e estava em um estado tão terrível que não pude forçá-la...

– Não, não, eu sei disso.

– O maior problema é que ela estava obcecada pela ideia de telefonar. Na verdade, ela estava segurando uma ficha telefônica tão fortemente que, nós ainda não conseguimos fazê-la soltar.

– Mas ela não mencionou esta carta?

– Nem uma vez.

O capitão examinou a carta outra vez, franzindo o cenho.

– Então vocês disseram a ela para ter paciência e que depois ela poderia telefonar. Ainda não, em todo caso. Bem, teremos de esperar até podermos falar com ela. Devemos ligar para o hospital, eu acho, para saber do último boletim. Se houver alguma possibilidade de ela recobrar a consciência durante o dia, valerá a pena esperar aqui.

A garota não havia recobrado a consciência. Havia divisórias ao seu redor, e ao seu lado estava sentado o jovem subtenente, quase tão imóvel quanto a silhueta sob os lençóis, olhando com seriedade para a cabeça enfaixada e o rostinho branco da jovem.

3

Ambos voltaram de carro para Florença; o capitão, em silêncio e pensativo, e o promotor substituto fumando, fazendo observações rápidas e ocasionais, e observando a passagem do solo úmido e arado entre fileiras de vinhas e os topos dos pinheiros despontando do vale brumoso bem lá embaixo.

Quando entraram com o carro no pátio do quartel-general já havia parado de chover. O promotor substituto saiu, dizendo que tinha de entrar no tribunal em dez minutos, deu a volta para apertar a mão do capitão pela janela do carro e dizer avidamente:

– Almoce comigo. Quero saber tudo sobre sequestros. Já ouvi dizer que o senhor é um *expert*.

– É a necessidade. Nesta área...

– Eu o pego à uma da tarde.

– Mas... o senhor não tem carro, tem?

– Nunca o uso, a não ser que meu escrivão dirija. Dirigir me atrapalha para fumar. Bem, vou pedir a um dos policiais para me chamar um táxi – e se foi, com a capa de chuva jogada sobre os ombros, andando rápido pelo pátio em direção à saída, largando atrás de si um aromático rastro de fumaça azul.

O capitão Maestrangelo subiu até seu escritório e sentou-se, esfregando o rosto com as mãos, exaurido. Ele sabia por causa da sua vasta experiência que um sequestro geralmente implicava o envolvimento dos pastores sardenhos que, ao longo dos últimos vinte anos mais ou menos, vinham constantemente abandonando sua ilha e trazendo seus rebanhos para pastar nas montanhas ao redor de Florença. Ficavam sempre isolados, nunca se misturavam aos florentinos, que admiravam o modo como eles faziam queijo e indignavam-se com seus sequestros. Os sardenhos eram *experts* em ambas as atividades, para as quais o lugar onde moravam – que era cercado pelos esplêndidos pastos toscanos – fornecia o ambiente ideal. O capitão mandou seu assistente cuidar do relatório sardenho e se pôs a selecionar um grupo entre seus homens mais experientes.

– Giovanni Calaresu?
– Ele está preso.
– Isso não basta para detê-lo; confira se algum de seus colegas de cela foi solto recentemente. Onde está a esposa dele?
– Voltou com as crianças para a casa da mãe na Sardenha; faz oito anos que ele está preso.
– Descubra se ele recebeu alguma visita.

– Salvatore Demontis. Talvez seja o homem que procuramos; ele mora perto de Pontino.

– Pode ser, mas lembre-se de que não sabemos onde moram essas garotas. Dê uma olhada por aí, em todo caso. Próximo.

O ajudante abriu a ficha seguinte tirada da pilha sobre a mesa do capitão.

– Mario Mundula.

– Não conheço.

– Nenhuma condenação, senhor. Eles estão aqui desde os anos cinquenta, sem filhos, apenas um irmão que mora com eles. São donos de duas fazendas e cerca de quatrocentas ou quinhentas ovelhas. Muito bem de vida.

Puseram as fichas de lado.

O capitão tinha um arquivo com os nomes de toda a comunidade sardenha da Toscana. Muitos deles eram inter-relacionados ou vinham do mesmo vilarejo que todos eles, com ficha suja ou não, teriam alguma coisa para dizer. Mas não diriam, a não ser à força. Eram as pessoas mais obstinadamente silenciosas do mundo, a não ser que forçadas a falar. Era um silêncio de orgulho e de independência, não de medo. O capitão gostava dos sardenhos, apesar da quantidade de trabalho e dos problemas que eles lhe causavam.

– Paolo Piladu?

– Quanto a ele, tudo bem, mas seu garoto mais velho já arrumou encrenca uma ou duas vezes... faça-lhes uma visitinha e veja o que o garoto está fazendo agora, se ele trabalha em alguma coisa. Ele nunca gostou muito de ajudar o pai.

Eles trabalharam com as fichas pelo resto da manhã, uma rotina pela qual passavam com tanta frequência que se falavam em geral com frases incompletas ou resmungos que mal se ouviam. Terminaram às vinte para a uma. O capitão deu uma olhada em seu relógio de pulso. Aqueles homens deviam ter largado o serviço ao meio-dia, mas ele somente pode dispensar dois deles, os quais ele substituiu por homens experientes do turno da tarde, que ao chegarem, foram mandados para o presídio. Os outros saíram para comer algo antes de começarem a investigar os pastores sardenhos que haviam sido escolhidos. Quando todos já haviam saído, o ajudante tirou as fichas indesejadas, e o capitão recostou-se à cadeira, refletindo. Do outro lado da janela estava chovendo outra vez, mais forte que nunca. Tanto os pilotos de helicóptero quanto os policiais responsáveis pelos cães deviam estar praguejando por causa do tempo. Sempre que tinha uma pausa em sua rotina e tempo para pensar, o capitão se lembrava que havia um bom número de coisas neste caso que não estavam se encaixando. Mas ele estava mais tranquilo e confiante que de costume àquela altura e não podia deixar de se perguntar por quê. Somente ao olhar novamente para o relógio quando faltavam três minutos para uma hora e pensar quando o promotor substituto estaria chegando ele se deu conta da razão. Ao invés de dirigir o inquérito, ele admitira sua inexperiência e estava acompanhando a investigação. O capitão estava mais livre do que jamais se lembrava de ter estado em toda a sua carreira. Mais ainda, o promotor substituto lhe dava a impressão de estar disposto a encarar qualquer interferência de terceiros, em qualquer nível, sem fazer nada além de dar um sorriso de lábios contraídos e demonstrar aquela centelha de divertimento com a qual ele parecia encarar tudo o que acontecia ao seu redor. Ele chegara mesmo a se apresentar – Fussari, Virgilio Fussari – com um jeito ávido de menino que combinava com seu rosto e silhueta magros que disfarçavam seus cabelos grisalhos. Ele devia ter uns quarenta anos. Ou é dinheiro, pensou o capitão, ele não precisa trabalhar, ou então é um jeito de desarmar as pessoas. Ele tinha o ar de alguém que sempre faz as coisas do seu jeito. Bem, era conveniente ser capaz de lidar com um caso sem interferência do magistrado, mas também era irregular. O capitão Maestrangelo não era dado a irregularidades. Pegou o telefone e ligou para a sala de rádio.

– Quero saber se foi comunicado o desaparecimento de alguma garota desde ontem. Passe mensagem a todas as delegacias.

– Da Toscana?

– Sim... Não, para o país inteiro. Relate ao comando central – assim que ele pôs o telefone no gancho, ele tocou outra vez.

– Aqui é da recepção, senhor. O promotor substituto o está chamando.

Era precisamente uma hora.

– Diga a ele que descerei imediatamente.

Uma hora precisamente.

– Um verdadeiro nortista, então – murmurou o capitão ao desligar a luminária de sua mesa. – Mas eles sempre exageram na pontualidade.

– Ah! Não vamos exagerar! – Fussari abriu a mão de modo acusatório para o dono do restaurante, que puxava um carrinho carregado de quinze tipos de canapés diferentes. – Você sabe que não posso tocar nesse negócio com o fígado que tenho; além do que, eu pouco como na hora do almoço.

– Então está na hora de mudar de restaurante – replicou o proprietário florentino, evidentemente considerando a possibilidade remota.

– Dê um pouquinho para mim desse negócio aí – o charuto ondulou na direção de meia dúzia de tipos de salame e de alguns cogumelos boletos.[1] – Sirva o capitão... o que é este negócio que você me deu? O que é isto?

– *Crostini*. Patê florentino. Caseiro.

– Não, não, não. Dê ao capitão, ele é florentino. Não posso comer isso – então ele abriu a pasta de couro na cadeira ao seu lado. O lado esquerdo continha papéis caprichosamente arrumados; o lado direito, pilhas e fileiras de cachimbos, latas de tabaco, cigarros e charutos e uma vasta seleção de comprimidos e cápsulas. Ele escolheu quatro cápsulas diferentes e as enfiou discretamente debaixo de seu prato. – Fígado – ele explicou. – São estas coisas que causam esses problemas – ele lançou um olhar acusatório para o charuto entre os dedos esguios, apertou-o ligeiramente e atacou o salame que, na opinião do capitão, não podia ser a comida ideal para um fígado doente, mas a reclamação esperada não ocorreu. As acusações pareciam bastante casuais. O capitão continuou com suas torradinhas, que esta-

---

1 Tipo de cogumelo grande e de cores variadas. (N.P.)

vam excelentes. Aquele restaurante não era do tipo que cabia em seu orçamento, e ele estava aproveitando bastante.

– Então – Fussari virou o prato subitamente para o lado, engoliu uma cápsula vermelha e pegou da pasta de couro um maço novinho de cigarros. – fale-me sobre sequestros.

– Nunca pegou um caso desses antes?

– Dá para imaginar? – ele acendeu o isqueiro. – Estou aqui somente há seis meses. Antes passei cinco anos em Alto Ádige praticando meu alemão. Todo tipo de problema, menos esse. Especialidade toscana, ao que parece, que nem o negócio que o senhor está comendo. Peço desculpas, tenho tendência a comer rápido demais; o senhor não imagina o que faz ao meu fígado.

– Mais uma especialidade da Sardenha, para ser exato. Nesta área, ao menos.

– Por que a Toscana?

– Duas razões: primeiro, porque eles se mudaram para cá, os sardônios, em busca de pastos quando o progresso lhes tirou as terras que eles usaram durante séculos – a Costa Esmeralda etc. Foram forçados a uma espécie de *apartheid*, expulsos das terras boas de pasto rumo às montanhas. Isso ocorreu bem na época em que os camponeses toscanos estavam abandonando suas terras para trabalhar nas fábricas. Os sardônios que tinham algum dinheiro puderam comprar terras por quase nada e ficar com os abundantes pastos para seus rebanhos. Eles se saem muito bem.

– Então qual é o problema?

– O problema são os sardenhos que vieram depois e continuam a chegar o tempo todo. Eles são bastante pobres, a terra agora custa uma fortuna aqui. Os dias de fartura acabaram há muito tempo.

Esses pastores vivem isolados, a maioria deles na mesma montanha que fica logo depois de Florença, em casas abandonadas que muitas vezes não têm energia elétrica nem água encanada. Suas famílias, quando também vêm, moram em uma espécie de gueto na parte de baixo da cidade, perto da divisa. Normalmente há apenas um pastor e seu escasso rebanho para sustentar uma esposa, sabe Deus quantas crianças, mais os irmãos e irmãs e parentes idosos. Não me entenda errado; os rebanhos dão dinheiro, muito dinheiro, mas, se são criados para produzir queijo, então um homem só dá conta de poucos animais. O problema é que seus filhos não querem nem saber; eles não foram preparados para viver esse tipo de vida, mas não conseguem arrumar outro trabalho. O resultado é que ficam vagando pela cidade sem nada o que fazer e a origem de parte do rendimento da maioria das famílias acaba sendo algum tipo de crime. O outro resultado é muito preconceito contra eles na cidade. As pessoas apenas veem os filhos inúteis que ficam pelos bares, arrumando briga e passando drogas; mas não veem os verdadeiros pastores, os homens que passam a maior parte da vida na solidão, dormindo poucas horas por noite para acordar cedo e cuidar do rebanho e fazendo os queijos com que as pessoas estão tão acostumadas.

– Você gosta deles? – não havia nenhum traço de ironia na voz do promotor substituto.

– Sim. E os respeito. São uma raça orgulhosa. Deserdados.

– Qual é a outra razão para os sequestros serem tão comuns na Toscana? O senhor disse que havia duas razões.

– Nossos colegas sardenhos. Eles conhecem seu trabalho, conhecem seu povo e conhecem seu território. Não existe um ponto na ilha da Sardenha onde possam esconder uma vítima, apesar da dificuldade e do terreno praticamente inacessível. Cinco anos atrás houve mais de duzentos sequestros por lá – era uma atividade lucrativa ao longo da Costa Esmeralda para aqueles que dominavam as colinas acima – mas no ano passado houve apenas três, sendo que um deles foi um fracasso total. Então os grandes organizadores se mudaram para cá. A Toscana é cheia de moradores ricos, italianos e estrangeiros, e o que não falta são jovens dispostos a realizar tais crimes entre os pastores mais pobres e suas famílias.

– O senhor descartaria qualquer outro suspeito?

– Não. Apenas procuro primeiro pelo mais óbvio.

– Hummm. Ah! Cesare!

– Já estou indo!

– Acho que é melhor comermos algo.

Comeram macarrão, o promotor substituto ainda fazendo suas perguntas rápidas enquanto comia em ágeis garfadas, com os olhos sempre fixos no capitão.

– E agora?

– Estamos à procura do cabeça da operação, da pessoa que sugeriu a vítima. Tem de ser alguém que a conheça, que seja ligado a ela ou esteja em posição de observá-la, assim como sua família.

– E o que sabemos sobre a família?

– Ainda nada, como tenho certeza que o senhor já percebeu. Precisamos das informações que somente a garota ferida poderá nos dar quando recobrar a consciência. O sobrenome e a mensagem transmitida por ela, ao telefone, é algo muito incomum, assim como qualquer comunicação pessoal da vítima que seja enviada tão cedo. Geralmente o que há é uma solicitação de resgate e depois um longo silêncio para deixar os pais em pânico.

– E parece que ainda não sabemos quem são os pais.

– Exatamente. O que realmente me preocupa é a possibilidade de estarmos lidando com amadores.

– Isso o preocupa? Com certeza torna seu trabalho mais fácil, não?

– Se quer saber se vamos pegá-los, vamos, sim, mas também é quase certo que matem a garota. Amadores são incompetentes e entram em pânico. Já os profissionais são bem organizados, nunca são vistos pelas vítimas e não matam. Não é bom para os negócios. Se as pessoas não tivessem certeza de pegar a vítima de volta em troca do dinheiro, não se disporiam a pagar o preço. Com amadores não adianta pagar, eles vão matar a vítima de qualquer maneira por causa do medo. Prefiro lidar com profissionais.

– Mas como espera que pais apavorados entendam a diferença e cooperem?

– É o meu trabalho – o capitão disse baixinho.

O promotor substituto olhou para ele atentamente. Não havia dúvida de que o capitão irradiava calma, segurança e seriedade. Os pais cooperariam sim, contanto que ninguém mais interferisse. O promotor substituto então resolveu que não permitiria a interferência de mais ninguém.

– Acha que a família pode estar aqui de férias?

– É possível. Principalmente se tiverem uma propriedade e vierem todo ano. Se for um trabalho profissional, eles terão sido observados por um longo período e a situação financeira e seus hábitos já serão conhecidos.

– Ah...! – Essa exclamação foi dirigida não ao capitão, mas ao aromático lombo de porco assado que se aproximava deles, fumegante, trazido por Cesare.

– Sirva o capitão primeiro, e não me dê nada, você sabe como me faz mal, somente uma provinha, uma fatia e basta! Como alguém consegue comer tudo isto no almoço, eu jamais entenderei!

Quando o capitão Maestrangelo voltou à sua sala, deu-se conta de que havia comido em excesso e rápido demais para acompanhar o promotor substituto. Este desaparecera tão pontualmente quanto chegara.

– Tenho de estar no tribunal às duas e meia, tenho de correr. Cesare! Chame um táxi para mim! Vou lhe dar uma carona de volta. O senhor me liga se tiver alguma novidade? Tome... estarei neste número das oito às oito e meia.

Enquanto observava o trânsito e a chuva engolirem o táxi que se afastava, o capitão ficou imaginando como aquele homem podia ser tão magro comendo daquele jeito todo dia. Devia precisar de muito exercício, foi o que concluiu, e procurou voltar o pensamento para assuntos mais importantes. Em sua mesa havia um recado do subtenente que estava no hospital. A garota não recobrara a consciência e tivera febre muito alta. Ele passaria a noite por lá, apesar de o médico local dizer que provavelmente seria inútil.

Às três e meia a chuva estava tão impiedosa que o céu ficou ainda mais escuro e todas as lâmpadas das ruas se acenderam. Os pilotos de helicóptero entraram em contato pelo rádio. Estavam chegando. Não estavam enxergando absolutamente nada e estavam perdendo tempo e combustível. Os cães farejadores esforçaram-se por mais uma hora, mas os policiais responsáveis desistiram também. Os pastores alemães, com seus pelos grossos ensopados e ofegantes, farejaram com alguma insistência ao redor da imagem da Virgem que ficava na margem da estrada, abrigada da chuva por um arco de pedra, mas depois de ficarem para lá e para cá voltaram para seus adestradores, que estavam com lama até os joelhos, ensopados e xingando sem parar.

O capitão esperou, usando de paciência para lidar com a papelada de rotina que sempre lhe sobrecarregava, e com diplomacia com um influente cavalheiro que desejava um favor impossível em relação ao serviço militar do filho.

As patrulhas policiais que foram à procura do primeiro grupo de fazendeiros ao redor do vilarejo de Pontino foram as únicas a trazer algo para o capitão ao retornarem, enlameadas e exaustas, após o turno duplo. Despejaram sobre a mesa do capitão o material recolhido: três espingardas e uma pistola para as quais os respeitáveis donos não tinham licença, e uma dose de heroína. Também informaram sobre os outros bens roubados qu encontraram, mas deixaram para recolher depois: um Fiat 500, oito carneiros e um burro.

O capitão ligou para o consulado americano.

4

– Uma boa ocasião para galochas – disse o promotor substituto enquanto jogava uma ponta de cigarro para fora do jipe, olhando ao redor para o vapor que subia lentamente da terra molhada. O céu sobre eles era azul, o ar era doce e a luz do sol de primavera era quente.

O brigadeiro e o capitão afundaram suas botas militares no solo barrento e começaram a olhar ao redor. O promotor substituto foi se equilibrando de uma pedra a outra até chegar ao chão firme em frente à casa da fazenda, onde uma trilha seguia em diagonal até a porta da frente. Ele subiu os degraus e bateu na porta, mas ninguém atendeu.

Galinhas e gansos bicavam para lá e para cá perto de dois montes de feno e grupos agitados de minúsculos pintinhos amarelos estavam parcialmente escondidos sob as estruturas de um galpão que mal se aguentava em pé. O palustre curral das ovelhas estava vazio. Filamentos de lã orlavam toda a cerca. Dois pontos negros apareceram em separado no horizonte iluminado. Logo ficou claro que eram dois helicópteros. O barulho dispersou as aves distraídas. O promotor substituto bateu outra vez, mas o brigadeiro apareceu à porta do estábulo e gritou:

– A esta hora não vai ter ninguém em casa!
– E então? Para que diabos estavam aqui? – pensou o promotor.

O brigadeiro soltou o gorducho filhote que estava segurando e o fez seguir em direção ao quintal, atraindo uma dúzia de frangos pela frente.

– Eu esperava que ele ainda estivesse usando aquele pasto – ele fez um gesto com um dos braços em direção ao campo verde vazio onde a névoa emanava da grama bem aparada. – Ano passado ele estava por aqui nesta época, mas a Páscoa veio tarde este ano, não pensei nisso, e ele provavelmente não vai descer antes do Domingo de Ramos, e, se ele ainda estiver no alto da montanha, estará na Garganta dos Três Vales, e é uma caminhada de uma hora e meia para ele, se ele seguir em linha reta, mas nós levaríamos mais tempo de jipe, pois não há estrada direta. Depois para alcançá-lo teríamos de pegar uma trilha que estará parecendo um leito de rio depois da chuva de ontem. A questão é que ele provavelmente não vai sair de lá antes do Domingo de Ramos, eu devia ter pensado nisso. Vamos pegar a estrada velha para a fazenda Demontis e voltar aqui às seis da tarde, quando Piladu estará ordenhando. Então a esposa dele já estará de volta, o que será suficiente para nós, pois ela faz faxina para a mulher do corretor no Il Cantuccio[1] de manhã.

---

1   Região dos Três Vales, nos Alpes franceses. (N.T.)

Vamos dar um pulo lá para ver Demontis. Eu devia ter lembrado que a Páscoa seria mais tarde este ano.

– Ah – o promotor substituto aceitou de bom grado aquele monte de informações incompreensíveis. "Cada centímetro", dissera o homem, e estava obviamente falando sério. Subiram de volta no jipe e seguiram pela alameda sulcada, balançando e chapinhando nas profundas poças de lama, e com o brigadeiro reclamando em voz alta o tempo todo que as "coisas não deveriam ser assim". Essa frase não se referia, como provavelmente pensaram seus passageiros, às condições das estradas e nem sobre ele não ter pensado na data da Páscoa, mas sim ao problema de onde iriam almoçar. Ele esperava ardentemente que eles voltassem para Florença e jogou várias indiretas para tentar arrancar-lhes essa informação, mas o capitão estava sempre concentrado no trabalho do momento como se nada mais tivesse importância e o magistrado se limitava a sorrir e balançar a cabeça distraidamente, parecendo estar com a mente bem longe.

Em frente à fazenda Demontis um cachorrinho berrou de cima de um barril e aproximou-se do brigadeiro para ganhar carinho. Uma mulher baixa e gorda com um avental florido e longo rabo de cavalo grisalho preso em um coque grosso saiu da queijaria e direcionou o capitão e o brigadeiro, para um pasto distante, além do campo de milho enlameado e germinado, permitindo que o promotor substituto mantivesse seus sapatos secos perto da casa. Eles somente viram o pastor ao atravessarem a última elevação, mas dava para ouvir o tilintar dos sinos dos carneiros soando no silêncio do lugar. O pastor estava de pé, com a jaqueta pendurada no ombro, olhando para o céu com o boné afundado na cabeça para proteger os olhos. Ele estava observando os helicópteros que voavam em círculos.

– O que eles estão procurando? – perguntou-lhes sem nenhum cumprimento preliminar.

– Nós pensamos em lhe perguntar isso.

Ele não disse nada. Os três homens ficaram parados por algum tempo enquanto os tristes carneiros caminhavam vagarosamente ao seu redor, às vezes se aproximando mais para examiná-los, mas se afastando rápido ao menor sinal de movimento que eles fizessem, soando o sininho que reverberava por toda a região.

O capitão não tinha ilusão de ser capaz de imaginar o que Demontis sabia ou deixava de saber. O rosto do velho pastor era enrugado e bronzeado. Ele passou os olhos encovados lentamente pelo rebanho, depois pelos homens, e novamente pelo rebanho, sem mudança na expressão. Ele devia estar tomando conta deles fazia um século. Ele não se deixava contaminar pela urgência dos oficiais. O jornal que aparecia pelo bolso da jaqueta era ainda do domingo passado.

– Se souber de alguma coisa...

Se ele soubesse de alguma coisa ele nem sequer sonharia em fazer nada. Continuaria indiferente, tomando conta das cabeças de seu rebanho. Eles o deixaram lá, olhando para o céu outra vez. Ele não virou a cabeça para olhar para eles e estava tão imóvel que mesmo a pouca distância já não dava mais para distingui-lo na paisagem.

Quando eles voltaram para o quintal da fazenda, o promotor substituto havia sumido. Ouviram sua fala ligeira e em seguida a risada satisfeita e histérica da pastora. Eles apareceram à porta da casa e observaram a mulher com o rosto vermelho e ainda rindo. O promotor substituto despediu-se dela e correu tranquilamente até o jipe com um saco plástico.

– *Ricotta* – ele explicou, abrindo o saco para que eles pudessem ver a massa branca e macia com o soro ainda escorrendo pelas laterais.

– Aquela *signora* me informou – disse o promotor enquanto o veículo se afastava e o capitão comentava sobre o silêncio do marido – que o cunhado dela é uma praga, o mal de sua vida, que ela jamais deveria ter se casado com Salvatore – que, devo lhes dizer, é um santo, um verdadeiro santo, se considerado separadamente – se ela soubesse que também estaria obrigada a lidar com o terrível Antonio. Entre seus piores crimes estavam não ter jamais se casado nunca, não aparecer na hora de ordenhar e também roubar comida.

– Eu sei – disse o brigadeiro –, principalmente quando ele aposta. Ele até rouba alguns de seus queijos prontos para vender. Eles valem um bom dinheirinho.

– Sim... mas ultimamente ele também tem roubado outras coisas da casa...

– Ah, é? – o capitão levantou os olhos.

– É. Achei que seria de seu interesse.

– E é. É melhor ficarmos longe daqui por enquanto.
– Acha mesmo?
– Se ele estiver alimentando os sequestradores – explicou o capitão –, será uma peça fácil demais de se repor no esquema se demonstrarmos o mínimo interesse nele.
– E se o deixarmos em paz ele acabará nos levando a algum lugar.
– E creio que não seja longe. Os alimentadores são peixes pequenos, mas são bem pagos se o resgate for alto. Haverá ao menos dois alimentadores, mas, mesmo que eles se conheçam, não conhecem mais ninguém a não ser o homem que os arregimentou e que vai pagá-los no final.
– Nesse caso certamente estaremos lidando com profissionais, apesar de suas dúvidas hoje cedo.
– Ainda tenho minhas dúvidas – o capitão franziu o cenho. – Continuo não gostando daquela carta e também não gosto da cronologia dos acontecimentos. Faz apenas quatro meses que eu peguei um dos grandões da gangue de sardenhos que age por aqui.
– O sequestro de Donati. Sim, eu me lembro. Ele levou um tiro ao fugir com o resgate.
– E os outros dois escaparam por um triz. Eu me surpreenderia de saber que eles ainda estão no país, e, se estão, devem estar agindo discretamente.

O jipe os sacudia impiedosamente enquanto o brigadeiro tentava voltar ao vilarejo a tempo de o capitão e o promotor substituto conseguirem almoçar em Florença.

– Mas se eles dão dinheiro para a comida... – o promotor substituto estava tentando, em vão, acender o charuto com o isqueiro que ele mal conseguia segurar devido à trepidação.

– Como disse a cunhada do sujeito, ele é uma praga. E ele é burro, mas pensa que é esperto. É dado a apostar o dinheiro que tem e depois roubar os queijos que ela faz.

– Não somente queijo – ele finalmente conseguiu acender o charuto quando chegaram à estrada principal e soltou uma longa baforada de fumaça azul atrás da cabeça do brigadeiro. – Havia outras coisas... de natureza bastante pessoal que ele não conseguiu vender, se é que me entende.

– Então ela realmente quer se livrar dele... – o capitão ficou pensando naquele ódio que superava a lealdade familiar.

– Ele deve ter outros defeitos – observou o promotor substituto – que ela não se deu ao trabalho de mencionar. O lugar é isolado e pelo jeito o marido passa o dia todo longe com o rebanho.

– Hummm. Bem, vamos ficar de olho nele, mas mantenham a distância. Tenho esperança de que Piladu tenha algo para nos dizer hoje à noite. Ele tem que explicar o burro roubado encontrado em sua propriedade, de modo que temos mais margem de manobra.

– E será que haveria – o promotor substituto retorceu os lábios em um sorriso e deu um trago no charuto – um irmão nesse caso?

– Não, mas existe uma esposa não muito satisfeita com o marido. E há dois filhos, sendo que o mais velho não presta e não trabalha com eles na fazenda. Se Piladu for preso por roubar o burro, sua esposa ficará em maus lençóis.

– Então podemos nos oferecer para negociar.
– Podemos. Se o senhor não fizer objeção...
– Nenhuma. Eu lhe disse, devo deixar tudo com o senhor. Bem, aqui estamos. Estou começando a me apegar a esta pequena *piazza*. O que precisamos saber é o que o brigadeiro vai nos dar de almoço. Depois disso, terei de partir de volta para Florença – o rosto vermelho do brigadeiro começou a suar. – Podemos começar com minha *ricotta* e uma boa garrafa de *chianti*. Que tal mandar um de seus rapazes até aquela mercearia abarrotada do outro lado para nos trazer um bom bolo de carne toscano? Não costumo comer muito no almoço, mas temos de pensar no capitão aqui, que está fazendo tudo... quem sabe uma ou duas cordas daquelas linguiças de javali – acha que são daqui? Se forem, devemos experimentar dessas salsichas, seria um insulto não provarmos. E então, brigadeiro?

– Então?
– Bem, ele deve ter vindo parar aqui por engano.
– Por engano...? Aquele burro foi roubado a vinte quilômetros daqui!
– Devia estar querendo caminhar – fique quieto, maldito! Fique quieto! – o leite derramou do balde em curtas golfadas e Piladu empurrou o animal, deixando duas ovelhas prenhas passarem por ele e agarrou os pelos do carneiro que tentou pular a cerca à qual estavam recostados o capitão e o brigadeiro. – Abaixe, veado, abaixe! Venha cá! – ele puxou as pernas traseiras do animal para si, virando-se no banco para chamar o filho mais novo que estava

ordenhando em algum ponto atrás dele, onde não podíamos vê-lo – Deixe-a! Deixe-a para mim, ela é muito ardilosa para você, eu cuido dela! E troque aquele cachorro!

Os duzentos carneiros foram tropeçando e reclamando e tentando pular a cerca que se estendia até um bosque de oliveiras. O jovem cão, novo na função, correu animadamente, o que aumentou a confusão; o cão mais velho, que era um *expert*, era tão velho que sempre se enrolava com as próprias pernas e caía no sono. De vez em quando Piladu se voltava para gritar com ele. O capitão e o brigadeiro não estavam chegando a parte alguma.

– Tem de haver explicação para aquele burro – o brigadeiro gritou em meio à barulheira do rebanho que balia e do homem que berrava.

– Auf! Ruf! Levante, cão preguiçoso! É melhor levar um papo com o tal burro, então. Deixe o carneiro passar! Gianni! Deixe-o passar, ele está causando um caos lá atrás! Hou! Hou! Acorde, ruf, ruf, Fido, seu maldito!

Mesmo assim, Piladu sabia que depois que terminassem a ordenha, os fatos teriam de ser encarados, e encarados na cozinha onde sua mulher estaria ouvindo. Estava escurecendo quando o pastor e seu filho tiraram suas velhas roupas de trabalho de couro gasto e, seguidos pelos *carabinieri*, subiram os degraus de pedra que levavam à cozinha, cada um trazendo dois baldes cheios de leite. A mulher de Piladu, que estava descascando alcachofras à mesa na escura cozinha, recebeu o leite sem dizer nenhuma palavra. A cozinha cheirava a leite azedo e fumaça de lenha.

– Importa-se se nos sentarmos? – o capitão perguntou à mulher. Ela balançou a cabeça em direção à ponta da mesa e deu-lhes as costas novamente enquanto jogava o leite em dois grandes caldeirões no fogo. Duas crianças pequenas surgiram de algum lugar.

– Quando vamos comer?

– Saiam ou então ajudem com as alcachofras.

Elas saíram.

O pastor serviu um pouco de vinho de uma garrafa gasta cor de palha em quatro copos engordurados, e os homens se sentaram à mesa coberta por uma toalha de plástico. A mulher jogou coalho nos dois caldeirões, mexeu e continuou a descascar alcachofras em silêncio.

– Seu filho mais velho não está? – começou o brigadeiro.

– Ele! – o pastor virou o copo e pegou a garrafa. – Ele nunca está – ele perdera a insolência agora que estavam dentro de casa, sob as vistas da esposa.

– Então que bom que o senhor tem um bom rapaz como este.

O segundo rapaz era uma réplica cordial da mãe com suas maçãs do rosto pronunciadas e bochechas vermelhas que quase enterravam os olhos castanhos puxados. Ele olhou para os rostos de ambos, mas sabia que era melhor ficar de boca calada. O único som veio do outro lado do recinto, onde estava a mulher que descascava as alcachofras e as jogava com grande estrondo dentro de um enorme recipiente de plástico. Uma grande tora se acomodou no fogo em meio a uma chuva de fagulhas e começou a queimar intensamente, iluminando o recinto e escurecendo as sombras.

– Uma garota sumiu.

Ninguém da família disse nada nem se entreolhou. A mulher, que estava com os lábios tensos, deu as costas para eles e começou a bater vigorosamente o leite com um pedaço de galho descascado cheio de esporões de onde haviam sido arrancados outros ramos.

– Talvez ela tenha parado aqui por engano – prosseguiu o brigadeiro, determinado a arrancar uma resposta.

– O senhor é quem sabe – o pastor murmurou.

– Sim, eu sei. Nós conhecemos seus trambiques, e sequestro não se inclui entre eles... Só que não temos tanta certeza quanto ao seu filho.

Piladu olhou de rabo de olho para as costas da esposa. Ela havia jogado as folhas de alcachofra em um balde e voltara a mexer o leite.

– Será que ele arrumou trabalho em Florença? – perguntou o brigadeiro inocentemente.

– Florença! – Piladu disse em tom agressivo, e então, como se para distraí-los, gritou para a mulher. – Quando vamos comer?

A mulher disse, mais para si mesma do que para ele "Quantas coisas você acha que posso fazer ao mesmo tempo? Maria!"

Uma garota apareceu do recinto ao lado. Não podia ter mais de treze ou quatorze anos, mas estava bastante maquiada e suas roupas eram peças velhas, que não combinavam e de cores berrantes. Tinha um cachecol longo e brilhoso no pescoço. Ela começou a arrumar os pratos e copos, caminhando ao redor dos dois *carabinieri* como se eles não estivessem lá. Seu perfume barato e forte se misturou ao leite azedo e à fumaça de lenha. Quando a mesa estava pronta, ela encheu uma panela funda com água e pôs no fogão, seus movimentos lentos e afetados contrastavam com os de sua mãe, que rapidamente derramou azeite em uma frigideira, jogou as alcachofras, cobriu-as e lavou as mãos e braços antes de puxar uma cadeira para perto de um dos caldeirões e derramar nele a coalhada e enfiar os braços até a altura dos cotovelos.

– Aquele burro – insistiu o brigadeiro.

– Eu lhe disse...

– Que ele veio parar aqui por engano, sim. Mas tem havido tantos desses pequenos enganos, que fomos obrigados a emitir uma ordem de prisão.

– Aqui – A mulher não tirou os braços da coalhada, apenas fez um movimento de cabeça para o filho e em seguida para o balde com as cascas. Ele se levantou e foi dar de comer aos coelhos. – E você. Ponha o macarrão aí dentro e saia – Ela olhava feio para o marido o tempo todo, e o olhar de fúria em seus olhos não combinava em nada com a ação delicada de seus braços enquanto misturava a coalhada lentamente.

– Claro que não precisamos usar esta ordem de prisão – o brigadeiro persistiu tranquilamente e, após um momento de pausa, acrescentou – Achamos uma dose de heroína na casa de Scano ontem.

Era possível, apesar da meia-luz, ver que o pastor relaxou os ombros um pouco, mas em seguida os retesou novamente.

– O que o senhor quer?

– Saber de onde ela veio – agora foi o capitão quem falou.

– Como posso saber?

– Scano é amigo de seu filho. Eles vão juntos a Florença.

– Eles não se dão ao trabalho de me dizer aonde vão.

– Não. Mas o senhor poderia descobrir.

– Meu filho não é viciado em drogas.

– Como sabe?

– O que quer dizer?

– Como sabe que ele não é? Sabe quais são os sintomas? Já olhou nos braços dele? Se o seu garoto estiver usando heroína, não é mais seu filho. Ele pertencerá à droga em que se viciou, e fará de tudo para consegui-la. Qualquer coisa...

– E eu digo que ele não usa drogas. O senhor não encontrou aquele troço aqui.

– Não. Achamos na casa de Scano. E o filho de Scano é amigo do seu filho. Seu filho sabe de onde a droga vem, mesmo que não a use. E, se usar, ele não corre nenhum risco de ser preso, contanto que não venda. Então o senhor pode nos ajudar.

O pastor baixou os olhos em silêncio para o copo, tentando detectar a armadilha. Sua esposa terminara de misturar a coalhada e estava esfregando as mãos no avental. Ela continuou a preparar o jantar. Seu corpo parecia tenso ao ouvir a conversa enquanto ela jogava as cascas no balde, mexia o macarrão e colocava meia dúzia de bifes para fritar em outra panela de ferro preto. Quando ela voltou à mesa e começou a tirar a primeira porção de coalhada com uma concha para colocar em uma forma, os três homens sentiram os olhos dela calcinando-os. Mas ainda assim suas mãos continuavam a se mexer em um mundo particular, virando e apertando a massa branca gotejante como se acalentasse um bebê. Ao observar seu rosto, o brigadeiro disse:

– Podemos lhe telefonar amanhã. Se não sabe agora, pode descobrir.

Mas o pastor ainda estava tentando farejar onde estava o perigo. Subitamente ele disse:

– O que isso tudo tem a ver com o desaparecimento da garota?

– Quem disse que tem a ver?

– O senhor mencionou antes.

– Apenas mencionamos, somente isso. A única coisa que queremos saber do senhor é de onde veio aquele negócio que achamos na casa de Scano.

Mas o pastor farejou o perigo e ficou em silêncio.

– Voltaremos amanhã – disse o brigadeiro. – Se nos fizer o favor de conseguir essa pequena informação, pode soltar o burro e diremos ao dono que deu pela falta que o encontramos na estrada. Se não puder nos ajudar, voltaremos com aquela ordem de prisão.

O capitão e o brigadeiro se levantaram.

– Boa noite, *signora*. – ela não respondeu, apenas continuou mexendo e apertando a massa, enquanto seus olhos brilhavam de raiva. Antes de eles terminarem de atravessar o pátio ela começou a explodir, e nem mesmo o motor barulhento do jipe abafou o ataque de fúria da mulher.

– E nem posso dizer que a culpo – o capitão disse. Passava das oito e meia e dentro de poucos minutos aquela família estaria se sentando para comer enquanto ela permaneceria na ponta da mesa, ainda trabalhando. Ela ficaria pelo menos até as onze horas às voltas com o queijo pecorino, depois tinha que fazer a *ricotta* após a fervura da segunda desnatação. Depois disso ela sem dúvida estaria cansada demais para comer alguma coisa. Se o marido dela fosse preso, deixando tudo apenas para ela e o garoto...

– Você disse que ela também faz faxina?

– No *Il Cantuccio*, das onze à uma, cinco vezes por semana, e depois de fazer queijo de manhã cedo.

– Santo Deus...

Eles seguiram sacudindo pela estrada ruim, com o céu agora já bem escuro. Um ponto vermelho indicava um símbolo que marcava o começo de Pontino. Um pouco mais adiante havia dezenas de símbolos semelhantes nas frentes das casas de persianas bem fechadas.

– É melhor o senhor me deixar no hospital.

– Tem razão, senhor.

– Mande providenciar meu carro para daqui a quinze minutos.

Da entrada do hospital ele tentou telefonar para o promotor substituto, que havia passado a tarde inteira no tribunal e queria saber como estavam as coisas. Mas ninguém respondeu no número para o qual ele ligou.

Ele levou um tempinho até descobrir onde estava a garota, que fora transferida e não estava no quarto que o subtenente lhe dissera para procurar. Com a ajuda de uma enfermeira do turno da noite ele descobriu o quarto certo e entrou na ponta dos pés. Havia um cilindro de oxigênio com uma tenda sobre a cama, e o rosto fino do jovem policial ganhava um profundo tom cor-de-rosa sob a luz opaca.

– Como ela está?

– Teve uma espécie de recaída – eles estavam sussurrando. – Tiraram-na do balão de oxigênio e a temperatura parecia baixar com os antibióticos, mas então, quando ela começou a... Abriu os olhos e de repente pareceu entrar em pânico. Ela tentou sair da cama e tiveram de segurá-la.

– Ela estava delirando?

– Não, estava apenas apavorada... talvez, ao ver que estava numa cama, num local estranho, deve ter achado que ainda estava no cativeiro.

– Um pouco estranho, mesmo assim. Não havia nada no quarto que pudesse tê-la deixado com medo? Não havia mais ninguém lá?

– Nada. Ninguém. O florista apareceu hoje cedo, mas ela estava dormindo e ele sequer entrou no quarto, somente enfiou a cabeça pela porta e lhe deixou umas flores; a enfermeira da noite as colocou no corredor lá fora, eu acho...

– E ela não disse nada?

– Ela às vezes chama pela amiga e ainda está preocupada com o telefonema que devia ter dado. Pode ver...

Eles se debruçaram sobre a figura adormecida e viram através da tenda de polietileno o punho cerrado da garota sobre a colcha.

– Ela ainda está com a ficha telefônica. Tentei tirar dela algumas vezes... me ofereci para telefonar para ela e tudo o mais, achando que ia melhorar se tirasse isso da cabeça...

– Entendo.

– Eles dizem que ela vai dormir a noite inteira. Eles lhe deram algo...

– Quer voltar comigo para Florença e dormir um pouco?

– Não, prefiro continuar. Posso dormir um pouquinho aqui, se necessário, mas quero ter certeza de estar aqui quando ela acordar.

– Eu gostaria de saber o que a assustou – o capitão olhou ao redor do quarto vazio e franziu o cenho. – Imagino que ela não estaria com medo de você?

– Não, senhor. Não poderia estar com medo de mim. Ela estava olhando para o outro lado e não me viu.

5

Quando ela o viu de fato, foi sem ele saber. Ela não havia se mexido nem feito som nenhum, apenas abriu os olhos em meio à escuridão avermelhada e o viu lá sem surpresa, como se estivesse ciente de sua presença desde sua chegada. A cabeça dele se inclinara um pouquinho, e seu rosto estava na sombra. Ela viu um pedaço de camisa branca, o colarinho entrelaçado da jaqueta preta com uma estrela na dragona e a mão que descansava sobre o joelho cruzado. Sobre um carrinho de mão lotado estava enrolado um pano branco que parecia cor-de-rosa e havia um cilindro de oxigênio que mal se via em um canto escuro. A garota virou os olhos para a esquerda e olhou para o alto do armário onde o policial deixara o chapéu, depois para a direita, observando-o. Ele estava tentando ficar acordado, forçando as pálpebras a se abrirem levemente com um intervalo de poucos minutos. Mesmo assim, estava adormecido. Ela foi descendo a vista pela jaqueta preta até chegar ao punho da camisa branca debaixo da qual se escondia parcialmente o relógio do policial. Então ela fechou os olhos de novo. Por mais de duas horas, sua respiração tranquila foi o único som no pequeno quarto.

Da outra vez que a garota abriu os olhos, o jovem policial estava olhando diretamente para eles com o rosto tenso e ansioso. Ela perguntou a ele "Que horas são?" como se estivessem no meio de uma conversa.

– Três e meia.
– Da manhã?
– É.

Ainda estava escuro e a luz noturna vermelha ainda estava acesa. Um vento forte jogava leves rajadas de chuva na janela.

– Tenho que chamar a enfermeira.
– Ainda não... – ela virou os olhos para a esquerda de novo para olhar para o armário. – Não quero que ninguém venha aqui. Estou tão cansada...
– O doutor queria fazê-la dormir a noite inteira.

Eles estavam sussurrando sem nenhuma razão a não ser pela sugestão vinda da luz fraca e a sensação de estar acordado quando todo mundo estava dormindo.

– Posso voltar a dormir.

Ela falava inglês bem, com um leve sotaque. O policial resistiu ao ímpeto de pegar um bloco de anotações e fazer perguntas. Ela parecia suficientemente calma, mas o ataque que tivera ao despertar da outra vez ainda estava bem fresco em sua mente. A equipe do hospital não ia lhe agradecer por provocar outro. Além do que,

qualquer interrogatório teria de ser deixado a cargo do capitão, que tinha bastante experiência em separar as meias-verdades das mentiras. A verdade somente aparecia depois que o medo se esgotava. Então ele se aprumou na cadeira e deixou que ela falasse, murmurando respostas às poucas perguntas que ela fez, tentando memorizar os detalhes que talvez fossem importantes. A mão que descansava na colcha branca continuava agarrando a ficha telefônica, mas nenhum dos dois tocou no assunto. Ela falava em breves rompantes entre os quais seus olhos ficavam vidrados, provavelmente como resultado de alguma das drogas que lhe haviam dado. Por estranho que pareça, não foi durante um desses silêncios e sim enquanto ela falava que ela fechou os olhos e sua respiração curta ficou mais profunda. Ele a observou de perto por um bom tempo, mas não houve mais o menor sinal de volta à consciência. Entretanto, quando ele se revirou ruidosamente e se acomodou em sua cadeira, ela falou, aparentemente dormindo, murmurando:
– Você não vai embora?
– Não.
– Ótimo...

– Capitão? Espero não estar ligando cedo demais.
– Tudo bem. Vamos lá.
– Não há muito que dizer, pois ela logo adormeceu de novo, mas ao menos consegui os nomes delas. Ela se chama Nilsen e é norueguesa.
– E a outra garota?

– Maxwell. Deborah Maxwell. Provavelmente ambas têm autorização da polícia, pois estudam italiano na universidade.

– Estão matriculadas em tempo integral?

– Não em nenhum curso de graduação e sim no Centro Cultural para Estrangeiros, que elas frequentam desde setembro passado.

– E elas moram...

– Ela falou sobre o "apartamento da Debbie", não em "nosso apartamento", de modo que presumo que não morem juntas. Não peguei seus endereços porque fiquei apenas ouvindo o que ela dizia. Achei que não devia fazer pergunta nenhuma antes que o senhor...

– Fez bem. Prossiga.

– Pelo que pude entender do pouco que ela falou sobre o que realmente aconteceu, o homem que as sequestrou, havia apenas um até então, estava escondido na parte de trás do carro delas quando elas entraram. Ela não sabe como ele passou pela porta principal e por um portal operado eletronicamente que dava para o pátio onde sempre deixam o carro destrancado. Tive a impressão que o carro pertence à americana, mas não tenho certeza. O homem certamente devia estar armado para sequestrar sozinho duas adultas, mas ela não disse que ele estava. Achei melhor não pressioná-la.

– Ótimo. Foi uma das garotas quem dirigiu o carro para fora de Florença?

– Sim, a de sobrenome Maxwell. Em algum ponto depois de Pontino, último vilarejo do qual ela se lembra ter visto, ele as mandou entrar em uma viela estreita, onde encontraram um pequeno caminhão. Forçou-as a se deitar no banco de trás. Depois o caminhoneiro abandonou esta garota no lugar onde ela estava, nas cercanias de Pontino. O machucado no joelho foi ela quem arrumou ao cair sobre uma árvore no escuro.

– E como está o ferimento?

– Disseram que é profundo e que vai deixar uma boa cicatriz. Mesmo assim, o ferimento é apenas na carne e deve curar dentro de uns dez dias, mais ou menos. Imagino que tenha sido um cipreste, pois as pessoas costumam cortar os galhos baixos, deixando para fora uma ponta parecida com uma faca. Quanto ao ferimento na cabeça, o perigo imediato já passou, mas a visão e o equilíbrio dela precisam ser testados assim que ela puder se levantar, o que acredito que deva ser hoje.

– Nesse caso, vão trazê-la para Florença?

– Sim, ainda esta manhã. Há apenas o médico local aqui e um médico de Poggibonsi que vem duas vezes por semana. Costumam mandar qualquer paciente cujo caso seja mais sério para o hospital estadual.

– Então nos vemos mais tarde. Ajudaria muito se eles a colocassem no *San Giovanni*.

O hospital *San Giovanni di Dio* ficava praticamente ao lado do quartel-general, o que era conveniente no caso de pacientes que precisavam de guarda permanente ou ser frequentemente interrogados.

– Vou mencionar isso. Imagino que vá depender de onde haja um leito vago. O senhor acha que pode ter sido engano? Eles terem levado esta garota também?

– Eu não sei. Mas estas pessoas não costumam se enganar.

– São profissionais, então?

O promotor substituto também dissera "Neste caso estamos com certeza falando de profissionais...". E era verdade que o capitão estava agindo como se fossem. Mesmo assim, ele disse outra vez:

– Eu não sei – então acrescentou –, mas você precisa dormir. Vou telefonar para o brigadeiro lá em cima e dizer a ele que mande vir um homem para lhe dar uma folga.

– Acho que eu deveria ficar, caso o senhor concorde. Prometi que ficaria, e ela ainda está muito nervosa, eu acho. Quem sabe eu não possa ficar ao menos até ela acordar para que eu possa explicar o que está acontecendo.

Ela foi acordada às sete pelas enfermeiras da noite que tinham de arrumá-la antes de terminar o expediente. O policial esperou no corredor e então, ao sair, uma das enfermeiras com pressa de chegar em casa, disse:

– Pode levar as flores dela se for entrar outra vez.

Ela agora estava recostada a um monte de travesseiros. Seus cabelos amarelos soltos e a camisola do hospital lhe davam um aspecto de criança doente. A atadura que lhe envolvia a cabeça fora substituída por um pequeno curativo acima de uma das sobrancelhas.

– Traga-as para cá – ela estava olhando para as flores.
– Deixe-me vê-las – ela tocou as margaridas vivamente coloridas como se estivesse querendo conferir se elas

eram de verdade. As folhas também tinham traços, aqui e ali, de tinta turquesa e púrpura. – Ele as estava pintando mesmo.

– Foi isto que lhe aborreceu antes? – O policial ficou perplexo.

– Ontem... Sim, eu me lembro, eu as vi quando acordei e pensei... Parece estupidez agora, mas você não imagina como foi tropeçar no escuro e depois ver aquele homem emplastrando-as... quem já ouviu falar de flores pintadas...

– Mas, se não fosse a tinta, elas seriam todas brancas – o policial explicou de forma razoável. – Não há muitas flores por aí logo no começo do ano. Mas há margaridas de sobra.

– Mas todas brancas.

– É.

– Então eles as pintam.

– É. O florista as trouxe. Ele a encontrou, mas imagino que você não se lembre.

– Foi gentileza da parte dele trazer as flores. E eu que pensei que ele fosse um pesadelo ou que eu estivesse ficando maluca. Você terá de tirar seu chapéu daí.

Ele pegou o chapéu e colocou as flores no armário.

– Não vai se sentar?

– Não, eu tenho de ir embora agora. Logo vão levá-la para Florença.

– Mas você não vai comigo...? – ela parou e corou por causa da estupidez da pergunta, acrescentando rapidamente. – Você trabalha aqui no vilarejo, é claro.

– Não – foi ele quem corou agora ao ser tomado por um caipira. – Trabalho em Florença. Tem um guarda da delegacia local lá fora. Um carro vai seguir a ambulância na qual você será transportada, e vão mandar um guarda do quartel-general ficar com você assim que você chegar lá.

– Estou correndo perigo?

– Provavelmente não, mas não queremos arriscar.

– Mas... se você trabalha em Florença, eles não podem mandá-lo?

– Mandar-me?

– Ao hospital para onde vão me levar... ao invés de alguém que eu não conheço.

O rosto do jovem ficou mais vermelho ainda.

– Eu não faço o serviço de guarda – ele disse. – Eu sou policial. Fui mandado para cá porque achamos que você pudesse falar somente inglês. Seu italiano...

– Eu sei que não é muito bom... Mas você virá em algum momento... quer dizer...

– Eu provavelmente estarei presente para traduzir quando o capitão encarregado do seu caso lhe interrogar. – Para sua aflição, ele percebeu que ela estava tremendo ligeiramente. Ele cumprimentou-a brevemente e abriu a porta, temendo que ela fosse começar a chorar. Ele ficou um tanto aliviado pelo fato de o garoto do brigadeiro, Sartini, ter feito posição de sentido quando ele passou, bem à vista dela.

– Que horas eles encontraram o carro?

– Logo de manhã cedo.

O brigadeiro estava sacudindo no jipe outra vez pela estrada fora de Pontino. Ele resmungava sem parar entre dentes, desta vez porque ele tinha de continuar ligando e desligando os limpadores de para-brisa. Os pneus espirravam jatos de lama para todos os lados. Um vento ávido soprava pequenas nuvens no céu azul-claro, encobrindo o sol e liberando fortes rajadas de vento e chuva contra o para-brisa. Uma corrente de ar passou assoviando pelo jipe, e os três homens levantaram as golas de suas capas de chuva. O promotor substituto também tinha um grande guarda-chuva inglês que estava na parte de trás junto com sua pasta e um par de galochas verdes novas em folha. A esta altura ele e o capitão já estavam acostumados a conversar tendo por fundo as lamentações *sotto voce* do brigadeiro.

– Os rapazes cercaram aquela área toda ontem – o capitão apontou para os vinhedos e milharais à esquerda. – E começaram a trabalhar no outro lado esta manhã. Eles encontraram o carro quase imediatamente, pois não estava muito bem escondido.

– E isto vai ajudar até que ponto?

– Provavelmente nada demais, mas já é uma pendência a menos. Claro que ajudaria se alguém tivesse visto o carro sendo abandonado, mas temo que mesmo que alguém tenha visto...

– Aqui estamos – anunciou o brigadeiro, emergindo subitamente de seu mundo particular de lamúrias e pegando um caminho coberto de capim alto que passava entre duas alamedas de oliveiras. Quando terminavam as árvores o caminho imergia fortemente rumo a campos abandonados até chegar a um vale estreito banhado por um rio.

– Temos que saltar do jipe e caminhar daqui por diante.

Eles tiveram de esperar enquanto o promotor substituto calçava suas galochas novas, murmurando com um charuto entre os dentes "Não quero perder nada desta vez..."

A ponte de madeira sobre o rio só permitia a passagem de um por vez. Do outro lado havia uma nova ladeira.

– E como foi que eles trouxeram o carro para este lado? – perguntou o promotor substituto, lentamente acendendo o cachimbo que acabara de encher. O tabaco deixou um cheiro doce no ar penetrante.

– Certamente vieram pelo vilarejo – o brigadeiro disse enigmaticamente.

– Ah...

– Vamos voltar por aquele caminho. Quero ficar de olho em Pratesi na fábrica de salsichas.

A mansão surgiu a frente deles no cume da colina. Um peitoril rodeava o telhado plano com urnas de terracota nos cantos, e o contorno ficava nitidamente delineado contra o céu azul.

– Não que isso nos adiante muita coisa – o brigadeiro prosseguiu – mas a família não mora aqui desde antes da guerra. – O lugar foi usado pelos alemães e depois pelos soldados ingleses que se alojaram aqui durante a segunda guerra...

O promotor substituto estaria disposto a apostar todos os seus charutos que o brigadeiro diria "antes de você nascer".

No começo ele achou graça das doses de informações extras que o brigadeiro lhes fornecia periodicamente com aquele ar de quem ensina o Pai Nosso ao vigário, mas agora ele estava começando a entender. Por força do hábito, o brigadeiro tratava a todos como se fossem garotos do Serviço Nacional local que cresceram no vilarejo e, como ele, também conheciam cada centímetro da cidade, mas poderiam não saber direito sobre os antecedentes da família e sobre coisas que aconteceram antes de seu tempo. Uma vez ele chegou até a acrescentar "antes de você..." e então deixou para lá e voltou para seus resmungos particulares.

– Ele mora em Turim – o brigadeiro disse agora.

– Quem mora?

– O velho conde – ele apontou a mansão com a cabeça.
– Dizem que ele vai voltar.

– E como ele vai se safar desta? – o capitão olhou ao redor, enojado. Os vinhedos de ambos os lados estavam recobertos de mato e cheios de ervas daninhas. Tentáculos negros cresceram em todas as direções nas vinhas guerreiras, porém exaustas, nos quais germinavam novos ramos verdes e se dependuravam fantasmagóricas trepadeiras. A vegetação rasteira com certeza era refúgio de víboras, e os três homens se ativeram à trilha. De acordo com a lei, terras abandonadas poderiam ser confiscadas pelo Estado.

– Assim – o brigadeiro golpeou o ar em frente a si.

No topo da colina, perto da última curva da entrada para veículos, também tomada por ervas e que dava a volta pela mansão, havia um jovem parado, observando-os se aproximarem.

– Bom dia, Rudolph – o brigadeiro estava arfando um pouco quando chegaram ao topo da colina.

O jovem tinha olhos fundos e maçãs do rosto muito altas. Ele deu um sorriso incerto, exibindo dentes brancos.

– Você desceu cedo – disse o brigadeiro em tom amigável.

– Não desci, ainda estou olhando a montanha, mas quis terminar um plantio.

– A essa hora?

– Batatas.

– Bom rapaz. Eles encontraram o carro no seu canteiro?

– Não, no campo ao lado, ou melhor, na vala entre um campo e outro.

– Fizeram uma busca na mansão?

– Não.

– Bem, será feita uma busca. Não se preocupe.

– O zelador tem as chaves.

– Ele está?

– Foi ao mercado.

– Então só volta na hora do almoço. Não se preocupe com isso – o brigadeiro repetiu. – Continue com suas batatas.

– Quem é ele? – o capitão perguntou enquanto eles seguiam o brigadeiro por um campo molhado. Dava para ver silhuetas escuras fazendo a moagem na outra extremidade.

– Giovanni Fara. É um bom rapaz.

– Não o chamou de Rudolph?

– Eu simplesmente o chamo como todo mundo – disse o brigadeiro. – Faço o mesmo.

Os outros dois ponderaram sobre o fragmento de informação enquanto seguiam caminhando atrás dele. A meio caminho do campo em direção à vala onde um jipe estava agora sendo puxado por uma corda amarrada ao veículo que emergia, o promotor substituto se saiu com uma possível solução.

– Rudolph Valentino![1] – exclamou, atraindo um olhar estranho do capitão. – É a cara dele!

– E é um bom rapaz – continuou o brigadeiro, aceitando com calma aquela bela conclusão. – A mãe dele enviuvou na Sardenha e há dois filhos mais novos, um rapaz de quatorze anos que está aqui ajudando Rudolph e uma garota que está em casa com a mãe. No momento ele está encarando cerca de cinquenta carneiros, cultivando alguma comida para si mesmo junto com a ração de inverno dos animais. Em um ou dois anos ele deverá ter um rebanho de tamanho decente. É claro que ele não costuma estar aqui embaixo tão cedo, aqui ele tem apenas um pedaço de estábulo que aluga durante o verão junto com seus poucos acres de terra e seu pedacinho de área cultivada. Sua casinha fica no alto da montanha e ele vai ficar pastoreando lá de cima...

– Até o Domingo de Ramos – o promotor substituto concluiu automaticamente.

– De qualquer forma – o brigadeiro terminou enquanto ambos olhavam para dentro da vala – é assim que ele se safa.

---

1 Rudolph Valentino (1895-1926) – famoso ator italiano e símbolo sexual, conhecido como "O Amante Latino". (N.P.)

– O quê...? – o capitão perdera o fio da meada.

– O conde. Entre Rudolph e o zelador há terra cultivada o suficiente para não ser confiscada. Esta é a única razão para eles estarem onde estão.

O capitão deu uma olhada no número do carro quando seus homens começaram a limpar a lama e os gravetos que cobriam a placa. O especialista em impressão digital estava abrindo sua mala. Um operador de câmera de televisão rondava o carro lentamente com uma câmera de mão.

– Que história vai lhes contar? – murmurou o promotor substituto.

Um grupo de repórteres estava parado perto deles, fofocando e fumando com os sapatos afundados no campo enlameado e com os rostos avermelhados por causa do vento.

– Não havia muito mais coisas que eu pudesse lhes dizer ontem.

– Mesmo assim, parece que eles foram ao consulado americano.

– Imagino que sim... – O capitão, que já estava a trabalho desde que ligaram do hospital às seis da manhã, não tivera tempo de ler o jornal de manhã. Sem dúvida o promotor substituto lera os jornais no mesmo ritmo alucinante que fazia tudo mais.

– Eles não estão lhe causando problemas?

– O consulado? Não, não... – ele apenas não disse que, quando ligou para eles pela primeira vez, eles não quiseram saber. O funcionário com quem ele havia falado limitou-se a dizer:

– Não há prova que esta pessoa seja cidadã americana?
– Não, prova não há. Mas como havia uma mensagem telefônica a ser...
– Não recebemos mensagem nenhuma.
– Não, ela não chegou a ser transmitida.
– E ninguém deu pela falta da garota?
– Não. Todavia, talvez o senhor pudesse informar o cônsul. Se houver qualquer fato novo que lhes diga respeito, avisarei.

O capitão não insistiu. Era bastante normal não querer lidar com esse tipo de problema a não ser que fosse absolutamente necessário. Como eles foram prontamente avisados, ele estava coberto contra qualquer eventualidade. Quanto menos pessoas ele tivesse que enfrentar, melhor.

– O que eu não disse a eles – disse ele, dando mais uma olhada para os jornalistas. – É que a garota que foi solta tinha uma mensagem para entregar, mas não a entregou. Antes de dizer isso a eles, eu preciso conversar com a garota. Então talvez seja necessário fazer com que eles publiquem algo que possa nos ajudar.

– O conteúdo da mensagem?

– Sem saber o que é, não posso dizer; e não é algo que eu possa apressar, pois a garota não vai falar se estiver com medo, ou então vai falar, mas não contará a verdade. É mais que provável que eu lhes peça para publicar que sabemos que ela tem uma mensagem, mas que não a entregou e não quer falar. Quanto antes conseguirmos fazer essas pessoas entrarem em contato umas com as outras, melhor. Até então, estou trabalhando completamente no escuro.

Um helicóptero voou baixo sobre suas cabeças e fez uma curva fechada. Um dos homens uniformizados no solo falou ao rádio olhando para cima.

– Eles vão patrulhar? – perguntou o promotor substituto.

– Com certeza. Eles sabem o que estão procurando, isso se não souberem a quem estão procurando. Fumaça saindo de algum edifício abandonado, um veículo se dirigindo a um ponto deserto. Em uma área como esta se conhece todos os veículos e seus movimentos normais.

– É claro – o promotor substituto olhou para onde o brigadeiro estava em concentrada conversação com um grupo de homens da companhia do capitão. Dois dos garotos do brigadeiro estavam trabalhando com eles e um deles estava fazendo uma complicada descrição de alguma porção de terra afastada distante com a ajuda dos dois braços. – Cada centímetro...

O especialista em impressão digital estava guardando as coisas. Outro técnico enfiou a cabeça para fora do carro para perguntar:

– Tem alguma coisa que você queira ver aqui?

O capitão deu uma olhada por dentro. Uma caixa de lenços de papel, alguns deles amassados, luvas, um maçarico, um mapa jogado no banco traseiro. Ele deu uma olhada no mapa para ver se havia algo marcado nele. Não havia nada.

– Leve tudo para Florença. Pode ligar para meu escritório amanhã para me passar um relatório preliminar... – normalmente ele teria dito "assim que puder". Talvez apenas por causa da presença do promotor substituto, ele tenha acrescentado. – Às onze horas – e depois se virou rapidamente, pois o técnico estava prestes a reclamar. – Temos que conversar com Piladu...

Isso significava voltar para o vilarejo primeiro e pegar outra estrada para sair. O mercado estava a todo vapor quando eles voltaram, contornando lentamente a *piazza*, o brigadeiro pendurando-se na buzina para abrir caminho em meio à massa de carros e pessoas que se espremiam sob o sol claro, mas intermitente. Ele procurou o zelador da mansão entre o grupo de homens de ternos escuros e de boné achatado estilo inglês que estavam conversando entre o estande de flores de plástico e a *van* que vendia peixe salgado, mas não conseguiu localizá-lo. Ao sair do vilarejo eles aceleraram e pegaram uma estrada que fazia zigue-zague pelos pequenos vilarejos antes de conduzi-los à única estrada que levava às partes mais baixas da montanha. O caminho, o brigadeiro explicou-lhes pacientemente, era tudo que restava dos tempos em que as montanhas do vilarejo eram habitadas. Havia guerrilheiros que se escondiam lá nas alturas durante a guerra, antes de vocês..., mas agora apenas os pastores usavam as casas há muito tempo abandonadas e subiam a pé com seus rebanhos. Quando eles começaram a seguir lentamente pela estrada o vento já havia parado, permitindo que as nuvens se juntassem. Começou a chover firme quando eles pararam o jipe no ponto na estrada onde encontraram marcas de passos quase imperceptíveis.

– Garganta dos Três Vales – anunciou o brigadeiro, desligando o motor. Dava para eles ouvirem a chuva batendo na grama e ricocheteando no teto do jipe. Não se via uma só alma, mas o brigadeiro saiu e chamou à sua esquerda:

– Pila... du!

Eles esperaram longamente, mas ninguém apareceu. O brigadeiro não chamou outra vez. Era verdade que em um lugar tão ermo qualquer um poderia tê-lo ouvido a uma distância de vinte quilômetros. Ele voltou para dentro do jipe para se abrigar. Cinco ou seis minutos depois Piladu apareceu na encosta da montanha, encarou-os por algum tempo e depois foi caminhando de modo lento e errante até eles, fortemente embalado em sua capa com capuz.

– Pode vir – disse o brigadeiro – se quiser. – A chuva estava caindo com mais força, com gotas pesadas, mas Piladu não se mexeu.

– Queremos saber o que seu filho tem a dizer.

– Ele não veio mais para casa – não havia vestígio de sua costumeira arrogância, seja porque ele estava seriamente preocupado com o filho ou simplesmente porque ele não precisava se defender lá no alto, onde estava em seu território, diferentemente dos oficiais. Não dava para saber através de seu olhar inexpressivo. Ele olhou ligeiramente para além deles, como se eles tivessem estado lá e já tivessem ido embora.

– Quando foi a última vez que ele veio para casa? – insistiu o brigadeiro.

– Há duas noites.

– Aquele garoto, o Scano, estava com ele?

– Não o vi.

A chuva corria por seu manto engordurado que tinha fios de lã e duras placas de sangue coagulado na frente. O cachorro velho trotou ineptamente em direção a eles, sacudiu seu pelo molhado e parou tremendo ao lado de seu mestre. Eles ouviram o cão mais novo ao longe, seu latido abafado agora pela nuvem que caía continuamente.

– E você diz que ele não usa drogas?

– Eu digo que ele não tem nada o que fazer para as bandas de Florença. Seu lugar é aqui comigo – estava bem claro agora, pelo olhar que ele lançou em direção aos três e ao jipe, que, para ele, todos aqueles homens não passavam de parte do problema gerado pela cidade, os dias que ele teve que passar na fila do escritório da Secretaria da Fazenda, os meses que passara trancado na prisão fedorenta e superlotada, as infinitas barganhas com os donos de lojas, o desaparecimento de seu filho imprestável.

Quando eles finalmente o deixaram ir embora, ele parou e cuspiu na grama deliberadamente, de lado. O cachorro, com a cabeça baixa sob a chuva, caminhou estritamente atrás dele. Eles observaram até que ele desaparecesse em meio às nuvens.

– E o resto? – perguntou o promotor substituto, acendendo um cigarro. – Lá em cima. A garota não pode estar escondida nas montanhas? – Ele estava esticando o pescoço para olhar para cima, mas não se via nada exceto a névoa cinzenta ondulante que quase chegava ao jipe.

– Tenho certeza – disse lentamente o capitão. – de que ela está.

– Quer um mandado de busca?

– Não. Não quero mandado de busca. Quero saber quem a pegou e quero saber exatamente onde. Do contrário, poderíamos ficar um ano procurando por lá que não iríamos achá-la.

– Não vale a pena tentar uma batida policial de surpresa?

– Não dá para surpreender uma montanha. Não há estradas e nem um metro quadrado de terra plana para um helicóptero pousar. Eles nos veriam chegando antes que nós conseguíssemos chegar a pé, dariam um sumiço na garota antes que chegássemos perto dela e ninguém falaria conosco, a não ser em seu incompreensível dialeto. Em geral eles nem falam, mesmo se ameaçados. Não são como Piladu, que mora no vale.

O promotor substituto, que até então não considerava Piladu muito comunicativo, ficou fumando em silêncio. O brigadeiro ligou o motor, e eles começaram a escarpada e oscilante descida. Um trovão rugiu em algum ponto distante. Quando o jipe fez a última curva ao pé da montanha, o brigadeiro freou e apontou.

– Vejam estas rochas – elas estavam espalhadas por toda parte, grandes blocos de sílex branco dos quais era formada a montanha. Quando olharam, uma das rochas ao longe se moveu para o lado e parou, depois se moveu de novo. – Carneiro – disse o brigadeiro. – Mas também podia muito bem ser o pastor parado com uma pele velha de carneiro sobre si. Um truque antigo, mas que ainda funciona. Somente se repara nele se ele cair em cima de você. Não dá para surpreender uma montanha – ele estava satisfeito com aquela frase do capitão e estava nitidamente guardando-a para seus garotos do Serviço Nacional. Ele perdeu os freios, e o jipe foi rodando para a frente.

Sua viagem de dez quilômetros até a casa de Scano foi uma perda de tempo. Não havia sinal do garoto, uma criatura diminuta e astuciosa que havia passado mais tempo na prisão do que fora dela desde quando já tinha idade para descer sozinho até a cidade e se meter em confusão. Ele normalmente ficava em casa o dia inteiro e sumia antes de o pai trazer o rebanho de volta do pasto para escapar da hora da ordenha. Eles bateram uns bons dez minutos antes de desistir, mas não havia dúvida de que o local estava abandonado. A chuva batia na porta descascada e nas janelas descortinadas e pingava das peles de carneiro ainda sujas de sangue que estavam penduradas bem esticadas no varal.

– Vamos voltar para Florença – o capitão girou o corpo e entrou no jipe. Estava molhado, com frio e irritado e já estava perdendo a paciência com este caso. Que tipo de sequestro era aquele, sem pedido de resgate e sem pais? E, para coroar tudo, tinham de lhe mandar justamente em um caso esquisito como este um promotor substituto que ficava observando sua performance com divertido distanciamento. Ele se sentia em um circo. A coisa toda era irregular.

Depois de deixar o promotor substituto, o capitão foi para seu escritório antes de ir almoçar. Ele não esperava que tivesse acontecido muita coisa durante sua ausência, mas pelo menos deveria haver alguma coisa vinda do departamento de estrangeiros residentes da *Questura*.[2] O bilhete estava em sua mesa. A garota desaparecida, Deborah Jean Maxwell, era cidadã americana. Ocupação: estudante. Residente em Piazza Pitti, número 3. O capitão se sentou e pegou o telefone. Seu rosto relaxara. Se ele um dia encontrasse essa garota, agradeceria-lhe por escolher morar naquele quarteirão da cidade. Após um excesso de coisas extraordinárias, aquilo era bem o que ele precisava: uma dose de sólida normalidade.

– Sim, senhor!

– Chame o marechal Guarnaccia do posto Pitti.

---

2 Força policial. (N.T.)

6

O marechal não estava. Ele havia saído com a *van* pela manhã, passando pelo caminho de cascalho em frente à sua delegacia na ala esquerda do *Palazzo Pitti* e cruzando a cidade para chegar ao Tribunal de Apelações em Via Cavour. Era um caso que o incomodava, pois ele sentia que o infeliz perdera as chances naquele julgamento por causa do seu advogado tolo e arrogante que tramou uma defesa elaborada que dava uma impressão totalmente falsa do que acontecera. Ao exagerar grosseiramente o tratamento da vítima para com o acusado, com o objetivo de tentar angariar simpatia para o segundo, ele acabou fazendo parecer mais provável que ele tivesse intenção de matar. A única vez que deixaram Cipolla falar foi quando lhe perguntaram:

– Você teve intenção de atirar quando pegou a arma?
– Sim, mas...
– Apenas responda à pergunta.

Sem aquele maldito advogado poderia bem ter havido um veredicto de morte acidental.

O marechal chegou na hora, como prometido, para ver Cipolla sendo entregue ao tribunal e levado para cima, preso a outros dois prisioneiros cujos julgamentos aconteceriam naquela manhã. Durante os quinze meses de prisão, os cabelos pretos dele haviam se tornado grisalhos e suas feições perderam a definição. O marechal sempre achou que ele parecia infantil, sendo tão pequeno, mas agora ele era um velhinho. Todavia, ele olhou para o marechal com gratidão ao vê-lo ali, como prometido, olhando com seus olhos grandes e ligeiramente inchados.

Foi uma espera longa e maçante. Após um tempo, o marechal subiu as escadas na esperança de obter uma ideia do que estava se passando. Ele ouviu um murmúrio abafado detrás da porta fechada. O guarda do lado de fora fumava como uma chaminé. O linóleo marrom rachado sob seus pés estava cheio de pontas de cigarro. O marechal acenou para ele com a cabeça e começou a descer a escada mal-iluminada e empoeirada. A meio caminho ele ouviu uma comoção mais abaixo e apressou seu passo pesado a tempo de ver, ao fazer a última curva da escada, uma figura frágil saindo pelo portão de ferro da entrada principal. Quando o marechal abriu o portão e olhou para o pátio, a figura havia desaparecido. A *van* preta estava estacionada sob uma palmeira, à espera de prisioneiros para levá-los de volta ao *murate*.[1] Havia cerca de uma dúzia de carros estacionados perto da entrada, inclusive a pequena *van* do

---

1 Confinamento, prisão. (N.T.)

marechal, mas não se via viva alma. Uma mulher veio por trás dele e olhou da esquerda para a direita.

– Não o pegou?

– Não.

– Aquele desgraçado! E não é a primeira vez mesmo.

– O que aconteceu?

– Ele rouba coisas. É realmente impossível!

– Mas... você não é da assistência a ex-prisioneiros? Quero dizer, você não distribui mesmo as coisas?

– Sim, mas nunca há roupas de qualidade em quantidade suficiente, de modo que temos que ficar de olho em quem fica com o quê. Aquele desgraçado rouba qualquer coisa de boa qualidade em que consiga pôr as mãos, e não para si mesmo, já que normalmente as roupas não servem para ele; ele as vende nas barracas de roupas de segunda mão no mercado de San Lorenzo.

– Sei – eles voltaram para dentro. – Qual o nome dele?

– Tenho que procurar o nome verdadeiro dele, todos o chamam de Baffetti por causa de seu bigode, que em minha opinião o faz parecer tão ardiloso quanto de fato é. Vou procurar o nome.

– Mas, na verdade, não estou aqui para...

– Isso tem que parar de uma vez por todas. Para completar, não apenas já estávamos embalando tudo quando ele chegou, como hoje não é dia de roupas de homem, e sim de mulher. Ele teve a cara de pau de dizer que precisava das roupas para sua esposa que teve de ir para o hospital.

O recinto logo no começo do corredor no qual o marechal esteve esperando estava entulhado e fedendo a roupas velhas e sujas e a naftalina. Uns poucos pares de sapatos surrados empilhavam-se em uma prateleira velha de madeira. Outra mulher estava dobrando suéteres usados e os colocando de lado em um armário arranhado. No chão empoeirado havia caixas de papelão cheias de roupas por toda parte.

– Aqui... – a primeira mulher pegou um cartãozinho de um monte sobre a mesa. – Ele se chama Garau, Pasqualino Garau.

– Ele esteve aqui dentro?

– Sim, esteve. Ele tem permissão para entrar aqui, mas não para sair correndo com qualquer coisa que ele resolva vender. Não é justo com os outros; e dizer que as roupas são para a esposa é o fim da picada!

– A esposa dele deveria vir pessoalmente no dia das roupas femininas? Mas se ela estiver realmente doente...

– Ele não tem esposa!

– Sei.

– É tão injusto para com os outros ex-prisioneiros que realmente precisam de ajuda e precisam de roupas decentes para tentar conseguir um emprego.

O marechal se perguntou, ao girar os grandes olhos ao redor do deprimente recinto iluminado por uma lâmpada empoeirada, pois a pequena janela protegida por grades mal deixava entrar luz, se eles conseguiam arrumar algum emprego, tamanha era a atmosfera de desesperança naquele lugar.

A mulher estava jogando o cartão de volta à pilha.

– Um de vocês realmente tem que dar um jeito nele. Não temos condições de pará-lo... E ele não é o único.

– Lamento, mas eu não... Eu estou aqui para um caso que está sendo ouvido no Tribunal de Apelações...

– O coitado daquele homem, como se chama? Aquele que teria atirado no inglês? Ele não parece capaz de fazer mal a uma mosca; eu o vi sendo trazido. Em todo caso, tem um bom marechal que... Ah... – a perturbada mulher levantou os olhos do trabalho que estava fazendo. – O senhor deve ser...

Mas o marechal, depois de dar um "bom dia" apressado, já havia sumido.

Ele ouviu a porta se abrir no andar de cima, depois o som de vozes que se misturavam com o arrastar de cadeiras. Depois uma pausa. O marechal sabia que o guarda devia estar algemando e acorrentando os prisioneiros e acendendo cigarros para eles, que poderiam fumar com as duas mãos. Cipolla não fumava. Ouviram-se passos pesados na escada. Cipolla foi novamente acorrentado entre os dois homens maiores. Seus olhos imediatamente procuraram os do marechal, e ele disse, como sempre dizia.

– Obrigado, marechal.

Obrigado por estar lá, pois a esta hora o marechal não tinha o poder de ajudá-lo. Ele não foi declarado inocente, já que estava sendo levado de volta à prisão. O advogado veio com outros dois, arrastando suas becas de seda e com seus narizes um pouco empinados por causa do ar empoeirado. O marechal ficou plantado na saída, bloqueando-a, e perguntou sem cerimônia.

– Cipolla?

– Pena reduzida a quinze anos. Com intenção de ferir, sem intenção de matar.

– Obrigado – ele os deixou passar. Quinze anos. Ele tinha certeza de que Cipolla não sairía vivo da prisão. Se ele tivesse dinheiro para escolher um advogado mais experiente, se o próprio marechal tivesse estado na cena do crime antes daquele estudante tolo, o Bacci, que se achava uma espécie de detetive de Hollywood, e que talvez já tivesse atirado em si mesmo acidentalmente a esta altura... A coisa toda foi um grande erro desde o início... Quinze anos... Teriam sido dez se ele não estivesse armado... Pobre criatura...

Ele tirou sua *van* da vaga e saiu pelo pátio para se juntar ao pesado trânsito da hora do almoço que seguia em direção à catedral. Havia alguns trechos azuis-claros no céu entre as nuvens, mas a chuva leve continuava a bater no para-brisa. A costumeira fila comprida de ônibus andando e parando bloqueava a estrada inteira da Piazza San Marco até a catedral. Toda vez que ele tentava ultrapassar, um deles fazia sinal e arrancava. Paciência... Mas seu almoço ia esfriar... Quinze anos.

Seu almoço estava frio. Contudo, ele não ficou tão chateado com o recado do quartel-general que o livraria de comer aquela massa viscosa. Ele podia se virar com um café e um sanduíche em algum bar pelo caminho.

O capitão não estava no escritório. O assistente o levou ao hospital que ficava ao lado, dando-lhe instruções por escrito de como encontrar a ala. O marechal enfiou o papel no bolso. Ele conhecia o hospital o bastante para encontrar a ala sem dificuldade. Ele não viu a paciente logo que entrou por causa das pessoas que estavam ao redor dela. Uma delas, sem dúvida o promotor substituto, estava de pé, brincando com um cachimbo apagado. O capitão estava sentado de costas para a porta. O terceiro homem foi quem chamou a atenção do marechal. Era aquele jovem tolo, o investigador Bacci, que se levantou, tenso, ao ver o marechal que testemunhara sua constrangedora tentativa de ser policial. O marechal ficou olhando sem expressão para aquele rosto corado e depois para a estrela na dragona do rapaz. O marechal cumprimentou o mais rapidamente possível aquele que agora era seu superior hierárquico e disse em tom sério "Tenente..." e voltou sua atenção para o capitão que o saudara brevemente e então continuou a interrogar com a ajuda do jovem policial, que atuava como intérprete.

– Você não viu o rosto dele?

– Não.

– Por que não?

– Estava coberto.

– Com o quê?

– Não sei. Algo escuro... talvez fosse uma máscara de esqui.

– Você viu os olhos dele?

– Não. Não sei. Ele nos fez virar. Estávamos as duas na frente, então...

– Quem dirigia?

– Debbie. Ele estava apontando o revólver para a minha nuca.

– Você não disse antes que ele estava armado.

– Ele não poderia ter nos forçado a fazer o que ele queria se não estivesse armado, pois estava sozinho.

– Ele ficou com o revólver apontado para sua nuca enquanto passavam por ruas lotadas na hora do *rush*?

– Estava escondida detrás de um mapa que ele segurava aberto bem atrás de nossas cabeças.

O marechal, cujos pensamentos ainda estavam com o prisioneiro que passaria quinze anos no *Murate*, e que depois se confundiu com o diálogo parcialmente em inglês, mal conseguia acompanhar uma palavra da conversa. Ele não fazia mesmo ideia do que estavam falando.

O capitão estava dizendo ao subtenente.

– Quero saber tudo que ela puder nos dizer sobre essa garota de sobrenome Maxwell: família, amigos, hábitos etc.; tudo. Não precisa traduzir, estou acompanhando.

O subtenente Bacci, muito ciente dos olhos enormes do marechal fixos nele, começou o interrogatório de modo bastante hesitante. Contudo, a garota respondeu a ele mais prontamente do que ao capitão, olhando-o fixamente no rosto.

– Ela tem pai e madrasta.

– Ela se dá bem com eles?

– Ela fala muito sobre o pai. Acho que é muito ligada a ele.

– E sobre a madrasta?

– Não sei. Ela nunca disse nada contra ela. Tive a impressão que elas não se conheciam muito bem, que o casamento era bem recente.

– Eles moram aqui no país?

– Não, nos Estados Unidos.

– Eles têm alguma propriedade aqui? Uma casa de férias ou algo assim?

– Não. Eles somente estiveram aqui uma vez, logo antes do Natal.

– E o Natal? Não passaram juntos?

– Ela ficou com eles por cerca de uma semana, eu acho. Eu viajei antes dela para passar o Natal em casa, na Noruega.

– Quanto tempo os pais dela passaram aqui?

– Umas duas semanas no total, mas não apenas em Florença. Passaram algum tempo no norte.

– Ele tem negócios aqui?

– Não, nada. Debbie estava aborrecida porque eles não passaram o tempo todo com ela.

– O que fizeram em Florença?

– Em geral, passeios turísticos. E algumas compras, ele comprou uma boa quantidade de joias para a esposa.

– E para a filha?

– Ele comprou um casaco de pele, como presente de Natal atrasado.

– Ela estava usando o casaco no dia em que foram sequestradas?

– Não. Ainda está no apartamento.

– Não estava nevando naquela manhã?

– Estava, mas não estava nem um pouco frio.

– Os pais ficaram no apartamento com ela?

– Não, há apenas um quarto. Eles ficaram no *Excelsior*.

– Maxwell dava alguma mesada à filha? Era assim que ela se sustentava?

– Sim. Uma ordem de pagamento chegava por telegrama todo mês.

– Você tem alguma ideia de quanto era?

– Sim. Às vezes ela me pedia para retirar para ela quando precisava com urgência e não tinha tempo de parar no correio. Era sempre coisa de dois milhões de liras.

– É bastante dinheiro para uma estudante.

– Acho que eles podiam bancar.

O capitão interrompeu:

– Você também vive de mesada?

– Sim, mas é cerca de metade do que Debbie recebe, mas quem paga não é meu pai, e sim a companhia de engenharia naval da qual ele é diretor. Posso estudar em qualquer país da Europa que eu desejar por dois anos.

– Gostaria que nós informássemos ao seu pai o que aconteceu?

– Vocês precisam avisar? Se não for necessário do seu ponto de vista, acho melhor não avisar. Sou maior de idade, afinal de contas, e ele ficaria muito assustado. Ele já teve um pequeno ataque cardíaco, não gostaria de causar-lhe outro.

– Então deixarei isso por sua conta. Tenente... Algo sobre seus contatos e hábitos diários...

Mas a garota entendera.

– Nós estudávamos italiano quatro horas todos os dias da semana pela manhã no Centro Cultural para Estrangeiros. Depois disso voltávamos para o apartamento que eu divido com outras duas alunas na região de Santa Croce, ou para o apartamento de Debbie. Ela não gostava muito de ficar sozinha.

– Mas ela não lhe convidou para dividir o apartamento com ela?

– Acho que ela não tem o costume de dividir, pois é filha única. A maior parte de nós somente divide apartamento por motivo de dinheiro. Ela não precisava disso.

– O que você costumava fazer durante o resto do dia?

– Sempre tínhamos trabalhos da faculdade. Depois costumávamos dar um passeio pela cidade e quem sabe ir ao cinema. Ocasionalmente Debbie comprava um vestido.

– Era assim que ela gastava sua mesada? Em roupas?

– Apenas muito ocasionalmente, quando ela estava no clima.

– Ela gastava muito em restaurantes, vivendo bem de modo geral, com divertimentos?

– Não, muito pouco.

– Neste caso, o que ela fazia com todo seu dinheiro? Deve ter acumulado. Ela não tinha conta bancária?

– Não. Por isso às vezes ela assinava um documento para que eu retirasse para ela, assim eu podia jogar na minha conta; senão ela teria de entrar na fila do correio, como eu disse.

– Você a pagava em dinheiro?

– Sim.

– Então onde ela guardava o resto que sobrava?

– Não sei. Imagino que fosse em algum lugar do apartamento...

O capitão sinalizou para que ele mudasse de assunto.

– Por que ela veio para a Itália?

– Ela disse que queria passar pela experiência.

– Ela tinha namorados?

A garota hesitou um pouco e então disse:

– Um ou dois...

– Ninguém especial?

– Não.

Novamente o capitão sinalizou e começou a ditar perguntas para serem traduzidas.

Elas frequentavam regularmente algum bar ou havia algum outro ponto de encontro?

Ela levou o pai a algum desses lugares quando ele esteve aqui?

Ela falou sobre a família com alguma pessoa da escola, ou fora da escola, em bares ou restaurantes, ou com o namorado?

O pai dela conhecia outras pessoas aqui, independentemente da filha?

Todas as respostas foram negativas. E ainda assim alguém tinha de saber que ela valia a pena ser sequestrada, alguém conferira sua posição financeira e seus movimentos diários, provavelmente por um longo período.

A garota estava ficando pálida. Dois pontos vermelhos em suas bochechas sugeriam que ainda havia algum traço de febre. Ela também ficou muito tensa. O capitão estava ciente que àquele ponto ela já estava suficientemente assustada pelo que acontecera com ela para estar escondendo alguma coisa, mas a experiência lhe dizia que seria inútil tentar forçá-la. Era uma situação que requeria paciência e certa dose de sagacidade.

– Vamos deixá-la descansar um pouco – ele disse gentilmente, em italiano lento e claro. – E, assim que você se sentir melhor, vou querer que escreva uma lista de todo mundo que a *signorina* Maxwell conhece em Florença. Todo mundo, inclusive lojistas, donos de bares e todos os membros de sua turma na universidade – não precisa ser nenhum amigo especial, apenas conhecidos – professores também. Escreva os nomes. Entendeu? – ela assentiu. – O subtenente Bacci vai ficar aqui e ajudá-la caso você se esqueça de algo.

Os outros três se levantaram para sair e foi somente no último instante que ele acrescentou, quase casualmente:

– Que mensagem você tinha de passar por telefone ao consulado americano?

Ela hesitou, olhando de um rosto para o outro, todos cheios de expectativa, e houve uma mudança bem perceptível em sua voz quando ela repetiu em italiano:

– Senhor Maxwell, estamos com Deborah. O preço é um milhão e meio.

– Eles lhe passaram em italiano?

– Sim. Eu tive de repetir várias vezes para que não houvesse erro. Eu deveria falar com o cônsul.

– Você não vai mais precisar daquela ficha telefônica.

O contorno de seu pulso trincado era visível debaixo da colcha branca. Ela baixou os olhos para ele como se o pulso fosse de outra pessoa e então soltou lentamente. O jovem policial pegou a ficha telefônica da palma suada. Pela primeira vez desde que retomou totalmente a consciência, ela perguntou:

– O que vai acontecer com ela se ninguém souber, ninguém pagar, o que eles vão fazer...? – o rosto dela ganhou uma expressão de fraqueza, e ela estava chorando, mas sem emitir som nenhum.

– Deixe esta preocupação para nós – disse o capitão, que sabia exatamente o que aconteceria se ninguém pagasse, e que muito provavelmente ninguém jamais encontraria o corpo. – Veja se descansa e depois faça aquela lista que nos ajudará muito a encontrá-la. Já liguei para o consulado – ele acrescentou, na esperança de tranquilizá-la com uma meia-verdade.

– O que acha? – o capitão perguntou ao marechal Guarnaccia assim que eles chegaram ao lado de fora e se puseram a caminhar os quase três metros até o quartel-general.

– Não entendi mais que três palavras – disse o marechal placidamente. – E ela está mentindo.

Ao lado dele, o promotor substituto explodiu em uma gostosa gargalhada e disse:

– Maestrangelo, apresente-me a este homem!

– Perdoe-me. Promotor substituto, Virgilio Fussari este é o marechal Salvatore Guarnaccia.

Eles trocaram um aperto de mãos em frente à recepção, onde o promotor substituto chamou um táxi e nele entrou ainda rindo do que o marechal dissera com tanta seriedade.

– Você vai precisar de um mandado – foi o que ele disse ao partir – para fazer uma busca naquele apartamento. Enviarei o mandado imediatamente. Deixe-me a par do que descobrir.

– Homem novo? – o marechal perguntou, olhando para o táxi com os olhos arregalados e sem expressão.

– É.

– Engraçado. Ele parece...

– Parece que somente está conosco por acaso e podia estar se divertindo em qualquer outro trabalho por aí.

– Algo assim. Eu não saberia colocar em palavras.

– É melhor subirmos para o meu escritório – eles seguiram através do velho convento, pelas escadas de pedra.

– Um homem interessante, o promotor – disse o capitão enquanto eles se acomodavam nas confortáveis poltronas de couro – e inteligente. Mas é excêntrico. Devo agradecer por tê-lo trabalhando comigo por um tempo.

O marechal arqueou as sobrancelhas de modo indagador.

– A garota desaparecida – o senhor recebeu minha circular – é Deborah Jean Maxwell e ela mora na Piazza Pitti, número três.

– Sei.

– Preciso saber tudo sobre ela.

– Não conheço este nome.

– Vamos lhe arrumar uma fotografia.

– Vou ver o que posso fazer. Quando aconteceu?

– Logo depois das oito da manhã de primeiro de março.

O marechal franziu o cenho. Após um momento, ele disse:

– Este foi o dia em que estava nevando.

– Não tenho muita certeza...

– O senhor devia antes de tudo ir ao apartamento comigo assim que o mandado for expedido. Quero levar vários homens experientes e passar um verdadeiro pente fino no apartamento. Acho que poderemos arrumar uma fotografia. O senhor está bem? Não parece normal.

– Acabei de vir do tribunal. Cipolla.

– Ele não se safou?

– Quinze anos. Eles revogaram a acusação de assassinato, porém ele pegou dez anos por intenção de matar, é claro, e mais metade disso por ter sido com arma de fogo.

– Era a única alternativa à soltura, você sabia disso.

– Ele não vai durar muito lá, pois não tem ninguém esperando por ele aqui fora, e você sabe como são as coisas lá dentro. Ele vai pegar uma doença qualquer, já vi tudo.

– O senhor fez o melhor que pôde. Afinal de contas, ele de fato atirou no homem.

– Se eu soubesse o que estava acontecendo naquela casa bem debaixo do meu nariz...

– Não se pode estar em toda parte ao mesmo tempo, e o senhor estava desesperadamente desfalcado de pessoal.

– Bacci... – enfim o marechal sorriu. – Como ele está se saindo?

– Bem.

– Ele teve sorte de conseguir um posto aqui, onde mora.

– Ele é o único filho homem de uma viúva e tem uma irmã mais nova para sustentar.

– Claro. Havia me esquecido.

– Muito bem, há duas áreas que quero que o senhor investigue o mais discretamente possível. Em primeiro lugar, veja o que consegue levantar sobre a vida dessa garota de modo geral. Quero saber com que tipo de pessoa ela convive fora da escola. Posso lhe mandar um homem à paisana, se precisar, algum jovem que possa fingir estar à procura dela.

– E em segundo lugar?

– Quero saber exatamente o que aconteceu naquela manhã. Quero saber como esse homem entrou no pátio – alguém tem de ter aberto a porta principal e o portão para ele, e é possível que alguém que estivesse saindo o tenha visto. Ele não podia estar usando máscara de esqui àquela hora da manhã, nevando ou não.

– Vou investigar – disse o marechal.

Enquanto eles esperavam chegar o mandado de busca, o capitão telefonou para o consulado americano para informar-lhes a cidadania de Deborah Maxwell. Ele falou com uma pessoa diferente desta vez, um rapaz mais jovem e simpático.

– Talvez levemos certo tempo para encontrar o senhor Maxwell, mas avisaremos assim que encontrarmos.

– Você o conhece, então?

O jovem pareceu constrangido, como se ele tivesse falado demais, apesar de não ter falado quase nada.

– Não o conheço pessoalmente – disse ele, deliberadamente interpretando de modo errado a pergunta –, mas faremos o possível para localizá-lo e entraremos em contato com o senhor.

O capitão pôs o fone no gancho pensativamente enquanto recebia uma folha de papel do assistente que entrara na sala após acabar de datilografar.

– Estranho... – disse ele, olhando distraidamente para o papel.

Procura Della Repubblica – Florença.
Prot/6460/80
Dando prosseguimento à investigação de sequestro de Deborah Jean Maxwell, o promotor público ordena que os policiais da Polícia Judiciária...

O capitão olhou para o relógio de pulso.
– Se eu não tivesse visto – ele murmurou. – não teria acreditado. Quem sabe ele já estava com isso pronto...
O marechal somente olhou para o mandado, com seus olhos grandes e mais protuberantes que nunca.

– Não é um típico apartamento de estudantes – o marechal murmurou, surpreso de se ver pisando em carpete feito sob medida, algo que ele somente costumava ver nos *lobbies* de hotéis nos quais fazia a ronda.
– Não se trata de uma estudante qualquer – disse o capitão, lembrando-se que o marechal acompanhara pouco da conversa bilíngue no hospital – considerando-se que ela tinha dois milhões por mês para gastar.
O marechal franziu o cenho, mas foi o capitão quem deu voz à sua opinião:
– Com esse tipo de competição, não me admiro que não se consiga encontrar apartamentos para nossos garotos que querem se casar. Setecentos mil por mês... – ele estava com uma cópia do contrato nas mãos.

– Mesmo assim, não era exatamente o que eu estava pensando – disse o marechal. – Eu estava pensando que sempre que estive dentro de um apartamento de estudante era uma atmosfera diferente... Havia um monte de coisas pregadas nas paredes, como pôsteres, por exemplo...

– Aqui está a explicação – o capitão sacudiu o contrato. – Nada deve ser preso nas paredes, de forma alguma, nem as pinturas devem ser removidas de seus lugares atuais...

As pinturas evidentemente não eram de grande valor, mas eram genuínas, mesmo que humildes: uma pintura a óleo de uma Vênus do século XVII na sala de estar, algumas gravuras do século XVIII ao longo da passagem acarpetada que seguia da porta da frente para o quarto de dormir na outra extremidade, passando pela área comum do apartamento. Um retrato chocho a óleo estava pendurado na sala de jantar que dava para a sala de estar.

Pequenos candelabros de vidro tilintavam em todos os quartos à medida que os homens do capitão trabalhavam rapidamente pelo apartamento, sem deixar traço de sua visita. Os móveis eram todos bons e antigos e algumas das gavetas eram difíceis de abrir e fechar.

– Mesmo assim – divertiu-se o capitão – você tem razão. À parte não haver nada nas paredes, há muito pouco toque pessoal aqui, considerando-se que ela mora aqui há seis meses. Quem sabe aquela pequena televisão seja dela. Parece nova e não está listada no inventário – o aparelho era de plástico vermelho, contrastando com os verdes e marrons suaves de tudo mais. Ela ficava sobre uma pequena mesa redonda em frente à cortina de musselina da janela, e o comprido e luxuoso sofá na parede do outro lado exibia a marca do corpo de uma garota, como se ela tivesse o hábito de se deitar lá para assistir a televisão. Havia uns poucos livros em uma estante de mogno giratória, em sua maioria, catálogos de museus. Havia uma caderneta de endereços perto do telefone em uma escrivaninha perto da porta. Continha basicamente nomes e endereços americanos. O capitão enfiou a caderneta no bolso.

O marechal ficou andando pela sala de jantar onde havia um papel almaço e uma caixa de canetas e lápis entre um par de castiçais de prata que sugeriam que a mesa de carvalho era mais usada para trabalhos de faculdade do que para jantar. Eles haviam visto uma mesinha com tampo de mármore na cozinha, grande o bastante para uma pessoa comer nela, talvez duas pessoas apertadas. Na geladeira havia restos já estragados de uma refeição de uma *delicatéssen* em diminutas bandejas de papel alumínio, além de uma garrafa de cerveja e duas de suco de laranja.

Quando os homens terminaram a busca no quarto de dormir, o capitão e o marechal entraram. O mesmo carpete verde chocho, duas camas com cabeceiras entalhadas e decoradas em cetim verde, a luz que vinha da rua agitada era filtrada por uma cortina de grossa musselina branca. Apesar do barulho do trânsito na *piazza*, o quarto transmitia um quê de intimidade que talvez tivesse relação com as camas grandes e baixas e os sutis tons de verde e branco. O capitão abriu algumas gavetas da mesa de jantar. A de baixo continha artigos de cama e mesa e toalhas, a segunda continha suéteres e blusas, e a de cima continha roupas íntimas. Em uma das minigavetas que ladeavam o espelho ele encontrou uma carta do pai da garota, postada em Nova York. A norueguesa havia dito que eles moravam em Michigan. Ele enfiou a carta no bolso. Na outra gavetinha havia um emaranhado de quinquilharias e lembranças; algumas, como uma gota de pérola em uma corrente de ouro, eram de valor; outras, como um surrado apontador de *Mickey Mouse*, deviam ter valor sentimental.

O armário verde florido se abriu com um rangido. O casaco de pele estava pendurado sob uma cobertura de algodão. Havia apenas uns poucos vestidos, mas eram elaborados, caros e curiosamente fora de moda em comparação com o monte de *jeans* e tecidos grosseiros empilhados no chão do armário. O capitão passou o dedo de leve sobre uma das mangas de seda preta.

– Onde será que ela vai usando isto...?

O marechal estava examinando a fotografia que estava escorada em um banquinho de rezar do século quinze perto da cama. A foto era de um homem grande, corpulento, já ficando calvo, mas com um rosto rosado e infantil. Uma garota estava sentada ao lado dele, com o braço ao seu redor. Ela tinha longos cabelos castanhos e ela também era bem corpulenta; ela tinha o mesmo rosto infantil, o que lhe caía bem.

– É melhor ficar com isto – o capitão disse, olhando por sobre o ombro do marechal.

Ambos olharam para o banheiro. Uma banheira antiquada e pintada de verde ao nível do chão, um monte de frascos na prateleira de vidro em frente a um espelho dourado e ligeiramente manchado, tudo limpo, com exceção de um monte de pedaços de algodão usado na beira da pia.

– Capitão?

– Terminou? O dinheiro...?

– Nada. Somente mais de cem mil em notas de dez na gaveta perto do telefone, alguns trocados na geladeira na cozinha. O dinheiro não está aqui.

– Então ela gastava, e eu gostaria de saber em quê. Deve valer a pena conversar com a mulher do porteiro, que nos deixou entrar. É bem possível que ela faça faxina aqui...

– Temos que terminar de arrumar a cozinha, senhor.

– Prossiga. O marechal e eu estaremos lá embaixo, no alojamento do porteiro.

O alojamento do porteiro era um espaço entulhado e sem janela, tão deprimente quanto a própria mulher do porteiro. O capitão mal havia aberto a boca para dizer:

– Seu marido não está...? – então ela pegou um lenço amassado e lágrimas enormes lhe desceram pelas bochechas gordas.

– Não me fale o nome daquele homem, não o mencione!

– Somente queremos saber...

– É ele o porteiro aqui, não eu. É ele quem ganha para isso, enquanto eu não recebo uma lira sequer, nem para comprar um par de meias, fico apenas enfiada neste buraco escuro dia após dia – e ele sai para trabalhar, apesar de seu contrato não permitir, eu deveria poder, mas ele, não. Quero me divorciar, é isso que eu quero, mas ele não faz nada enquanto continuar ganhando dois salários e eu continuar cozinhando para ele – mas não como com ele, eu me enfio naquela ínfima cozinha ali – dá para imaginar a vida que eu levo? Mas meu advogado me diz para não fazer nada, porque, se eu perder este lugar, para onde irei? Ele é mau, é isto que ele é, e ninguém sabe o que eu sofro. Se o caso for levado ao tribunal, vocês dois estarão de testemunha. Fui eu quem lhes deixou entrar. Era eu quem estava aqui, e nem sinal dele – podem falar por mim...

– Marechal... – o capitão estava recuando.

– Tudo bem.

– Vou subir para ver se eles estão prontos para trancar...

O marechal se sentou à mesa coberta por uma toalha felpuda em meio ao breu e encarou a mulher chorosa do outro lado de uma cesta de frutas de plástico. Seu lenço dobrado já estava empapado, mas ela continuava girando-o entre os dedos e esfregando-o no rosto molhado.

Os homens do capitão já estavam tagarelando e descendo a ampla escadaria de pedras, ignorando o velho elevador. Ele se virou para juntar-se a eles e então ouviu o telefone tocando dentro do apartamento. A porta ainda estava aberta até a mulher chorosa trancá-la. Ele correu pela passagem acarpetada e entrou na sala de estar, onde pegou o telefone sem dizer nada. Após um momento, uma voz de homem disse em italiano:

– É você?
Não havia por que responder, então ele disse:
– Deseja falar com a senhorita Maxwell?
O homem do outro lado da linha desligou.

7

– Mais ou menos a que horas teria sido?
– Entre oito e oito e meia.
– A esta hora eu normalmente estou levando as crianças à escola.
– Eu sei – o marechal disse pacientemente – por isso eu achei que pudesse ter visto alguma coisa.

A mulher ponderou, empurrando o carrinho do bebê para a frente e para trás, distraída.

– Faz tanto tempo...
– Quase três semanas.
– Se o senhor tivesse me perguntado antes...
– Você não estava aqui. Nós já checamos uma vez com todos na *piazza*.

Embora tivesse sido importante e era a mesma história toda vez, ou seja, coisa nenhuma, ao menos até se darem conta do significado da data.

– Mas foi no dia em que estava nevando, não se lembra?

– Sim, eu me lembro.

– Saiu nos jornais. Dizem que o mundo está girando no eixo, deve vir uma nova era glacial por aí.

– Mas você reparou...?

Nunca dava em nada. Eles somente tinham reparado na neve. Agora era a vez da *signora* Rosi.

– Espere aí! O senhor disse primeiro de março? Mas foi no dia em que nevou, agora eu me lembro!

Não havia razão para ficar com raiva. Afinal, do que o próprio marechal se lembrava daquela manhã a não ser da neve? Ele repassou a cena na cabeça várias vezes. Era um dom que ele tinha. Se alguém lhe perguntasse o que acontecera em uma determinada ocasião, ele não conseguia dizer de imediato, pois nunca conseguia colocar suas memórias em palavras. No entanto, tendo tempo, ele podia recordar qualquer cena como se fosse um filme e visualizá-la novamente, parando e recomeçando as imagens à vontade, examinando áreas e detalhes que ele não havia percebido na ocasião. É claro que era um processo lento. Ele tinha fama de ser meio lerdo, mas nem se abalava por isso. Estava acostumado com isso desde os tempos de escola, pois sua memória não causava boa impressão em professores irritadiços nem em examinadores impacientes, principalmente porque não funcionava nada bem em relação aos livros.

Ele deixou a senhora Rosi seguir seu rumo, empurrando o carrinho de bebê pelo pátio do Palazzo Pitti em direção ao Jardim Boboli para pegar o ar da tarde junto com outras mães e bebês do quarteirão.

A luz solar brilhante e vigorosa, acompanhada pelos ventos frios e entremeada por longos períodos de chuva pesada, trouxe um último traço do verdadeiro clima de primavera, a cálida luz solar e leves pancadas d'água. O marechal atravessou o átrio ensolarado em direção à sombra da arcada de pedra para chegar à sua sala, onde podia tirar os óculos escuros que sempre tinha de usar quando fazia sol. Sentou-se pesadamente à escrivaninha e suspirou. O primeiro tempo quente sempre tinha o mesmo efeito sobre ele, uma sensação de júbilo seguida por uma terrível crise de saudades de casa. Nessa época fazia muito calor em casa, na Sicília, as amendoeiras floriam, e grandes ervas roxas brotavam. Era tão quente que dava para se sentar na *piazza* cheia de grandes palmas marrons e verdes, recostar-se nas rosadas paredes de estuque dos edifícios, e quem sabe tomar seu primeiro sorvete de *ricotta*. Entediado, ele olhou pela janelinha para uma bem-aparada cerca viva de loureiros e o caminho de cascalhos onde estavam estacionados os carros pretos. O que ele devia estar pensando? Aquela manhã na neve...

Lentamente ele repassou a cena em sua mente, viu os grandes flocos caindo, o garoto de avental branco jogando serragem no chão, os carros vindo em sua direção. Ele parou, lembrando-se. Um carro estava vindo em direção a ele, sinalizando. Alguém no banco de trás estava segurando um mapa. Ele já havia pensado nisso antes e dito ao capitão que tinha certeza de que era aquele o carro, apesar de ele não ter olhado para o motorista e o passageiro da frente, pois se distraíra com o mapa e com o trânsito que vinha das três direções, já que queria atravessar. Não foi de muita ajuda, contudo, no que tange ao rastreamento dos sequestradores, significava que, ao menos naquele ponto, a menina Nilsen estava dizendo a verdade.

Era outra coisa que o estava incomodando, algo ilógico que ele somente conseguiria explicar ao capitão depois que explicasse a si mesmo.

Mais uma vez ele viu o carro sinalizando, que viraria à direita na Via Mazzeta, que era a rota sul da cidade. Ele atravessou a rua, e o longo palácio cor de ocre despontou-lhe à vista com os flocos de neve caindo devagar à sua frente, pousando nos tetos dos carros no estacionamento inclinado defronte. Um tocador de gaita de foles sardenho estava se aproximando dele. Apenas um. Por mais que ele olhasse, não fazia sentido. Era verdade que geralmente eles vinham em pares e ele se lembrava de achar que o outro devia estar pedindo dinheiro em alguma loja. Mesmo assim, estava tudo errado. Ele tentou de novo. O tocador de gaita de foles estava vindo em sua direção envolto em um manto preto e tocando... o que ele estava tocando? O marechal não conseguia lembrar, de jeito algum. Normalmente não se pensava nisso. No Natal eles sempre tocavam *Tu Scendi Dalle Stelle* e na Páscoa costumavam tocar música pastoril, e com o barulho do trânsito e da multidão de compradores ou turistas tagarelas era praticamente impossível escutar mais do que pequenos pedaços da canção. Todo mundo simplesmente presumia que eles estivessem tocando isso. Ninguém ligava muito. Às vezes os florentinos gostavam deles porque eles eram pitorescos. Davam-lhes dinheiro e aceitavam as pequenas imagens religiosas ou mensagens de boa sorte que os pastores distribuíam. Outros os odiavam e ignoravam, dizendo que eles somente apareciam na cidade para roubar. Certamente ninguém reparara naquele – mas ele não estava realmente tocando mal? E o que ele estava tocando? Não era Natal nem Páscoa. O marechal não se lembrava de nenhuma regra mais rígida quanto a isso, mas ele não conseguia se lembrar de jamais tê-los visto na Quaresma. Parecia que eles sempre voltavam lá pelo Domingo de Ramos, quando as pessoas saíam das igrejas aos borbotões levando pequenos ramos de oliveiras que pareciam prateadas sob o sol forte.

O tocador de gaita de foles daquela manhã usava apenas um gorro comum de pastor, não o boné curto virado e as longas meias brancas de lã reticuladas com tiras de couro... Bem, nem todos eles tinham essas coisas...

Isso não estava ajudando em nada. Se o tocador de gaita de foles tivesse chegado cedo, teria simplesmente chegado cedo. Mas se ele não tinha nada a ver com o sequestro daquela garota, parecia coincidência demais que ele aparecesse justo então. Ninguém que ele interrogara tinha visto um segundo tocador de gaita de foles. Mas, por outro lado, havia apenas três pessoas em toda a *piazza* que se lembravam de ter visto o primeiro! Novamente, era a neve... Esquisito que o capitão achasse que isso fosse ajudar. Serviu somente para distrair todo mundo. Os sequestradores não podiam ter escolhido dia melhor.

O marechal teria gostado de transferir esse problema para o capitão, que poderia queimar alguns neurônios com ele. A única coisa que o impedia de fazê-lo é que ele não conseguia decidir exatamente qual era o problema. Ou a presença dos sardenhos era uma coincidência ou não era – e, minha nossa, se não fosse...

– Marechal? – Lorenzini, seu jovem brigadeiro, desceu as escadas fazendo barulho e enfiou a cabeça redonda pela porta. – São duas e meia.

– Sim – o marechal olhou para ele sem enxergá-lo.

– Aquele acidente de trânsito. O médico disse que o motorista devia estar se recuperando da anestesia por agora.

– Sim...

Lorenzini esperou e perguntou:

– Então quer que eu vá tomar seu depoimento?

– Sim... não. Mande Di Nuccio. Prefiro que você fique aqui caso eu tenha de sair.

– Tudo bem. Ah... A irmã de Cipolla apareceu quando o senhor tinha saído.

A irmã do detento era casada com um jardineiro do Boboli e morava na porta ao lado.

– Ela perguntou se o senhor poderia dispor de uma hora... Ela acabou de chegar e disse que ele estava muito abatido e perguntando pelo senhor. Eu expliquei a ela que o senhor estava cuidando deste caso...

– Tudo bem. Vou dar um jeito de chegar lá...

– Acho que ela deixou-lhe algo na cozinha.

Ela sempre fazia isso. Deixava-lhe uma sopa ou bolinhos caseiros, convencida de que, em sua condição de viúvo-relva[1], ele não resistiria. Sua esposa na Sicília achava a mesma coisa. Na verdade ele se saía perfeitamente bem se não levasse em conta certa falta de variedade em suas refeições noturnas e o fato de ele estar sempre sentindo falta do almoço que os filhos lhe traziam ao meio-dia e meia certinho.

– Deveria ele pegar a *van*?
– Quem?
– Di Nuccio. Para o hospital?
– Sim – agora ele perdera completamente o fio da meada de seu pensamento. Além do que, havia duas coisas que o estavam incomodando ao mesmo tempo, e ele presumira que o segundo problema a deixá-lo com a pulga atrás da orelha fosse Cipolla. Mas agora que Lorenzini falara nele, o marechal percebera que não era o caso. Era algo mais intimamente ligado ao tocador de gaita de foles...

Ele folheou a pilha de anotações que era o resultado dos interrogatórios de todo mundo daquela área quanto ao que eles tinham visto naquela manhã. Quase todas as entrevistas terminavam com "não me lembro de muita coisa além da neve" ou coisas do tipo. Quase todas as entrevistas, mas tinha uma pessoa que ele queria voltar para encontrar pessoalmente. Era isso. É claro que a coisa ficou em sua mente porque ela foi a única pessoa que não mencionou a neve, não reparara nela porque estava enfiada naquele "buraco escuro", de acordo com ela mesma,

---

[1] Apelido que se dá a uma pessoa que não é de fato viúvo, mas vive longe da(o) esposa(o) por muito tempo. (N.P.)

dia sim, dia não, e aquele marido cruel que ela tinha nunca estava lá, nunca! Mas ele dormia lá, não dormia? O marechal ligara para um número várias vezes, e toda vez a mulher atendia sempre com um quê de triunfo na voz.

– Está vendo? Eu fico sozinha o tempo todo. Sou eu que sempre estou aqui para abrir a porta para o senhor, pode comprovar.

Mas ela não abrira a porta para o sequestrador entrar, isso ela podia jurar porque, depois de apertar o interruptor, ela sempre botava a cabeça para fora para ver quem estava entrando, já que não havia interfone. A primeira pessoa para quem ela abrira a porta naquela manhã fora o carteiro às oito e cinco. E ele lhe entregara a correspondência em mãos, como sempre fazia. O marechal fizera questão de se certificar desse ponto porque, apesar de os florentinos gastarem uma pequena fortuna em trancas eletrônicas, grades, portas de segurança e alarmes contra ladrões, costumavam assim mesmo abrir a porta para qualquer pessoa que tocasse o interfone e gritasse "Telegrama"! O ladrão, após passar por noventa por cento dos portões e engenhocas que lhe bloqueavam o caminho, entrava em um dos apartamentos do edifício. Menos no apartamento cuja campainha tocou, é claro.

O marechal se levantou. Se o marido daquela pobre coitada não estivesse em casa hoje, ele ia procurar a cidade inteira até encontrá-lo, por menor que fosse a esperança de ele saber alguma coisa. A mulher estava mais preocupada em juntar provas para seu divórcio do que com a verdade e estava determinada a fazer com que todo mundo acreditasse nela. Ele abotoou sua jaqueta preta e enfiou a mão no bolso do peito à procura dos óculos escuros e gritou em direção à escada que dava no andar de cima, onde Lorenzini datilografava com rapidez.

– Vou sair!

O número 3 ficava bem em frente ao palácio, apenas a um minuto de distância, mas foi detido duas vezes por turistas cujo pesado sotaque alemão ele estava começando a entender e em seguida para apaziguar uma violenta discussão entre dois motoristas que conseguiram bater enquanto manobravam seus carros para sair das vagas no estacionamento. Ele acabou desistindo desse caso e deixou os dois ameaçando o funcionário do estacionamento, mas acabou levando meia hora para atravessar a rua e tocar a campainha do número 3.

Exatamente como ela dissera, a esposa do porteiro abriu a porta principal e o portão interno de seu quarto e enfiou a cabeça para fora da janela. A porta dela estava recuada, de modo que ela somente o viu quando ela passou dos carros que estavam no meio do pátio. Ele não deu tempo a ela de começar a choramingar.

– Quero falar com seu marido. E se ele não estiver – ela estava pegando o lenço no bolso de seu avental – quero saber onde ele está. Se ele realmente tiver outro emprego, como a *signora* diz, quero saber onde é.

– O senhor acha que ele me diz? Faz nove anos que ele somente fala comigo para brigar!

– Então como vai provar no tribunal que ele está descumprindo o contrato aqui ao trabalhar em outro lugar?

— Sei que ele trabalha em um restaurante. Sei disso. Mas quem me disse foram meus vizinhos, não ele.

— Que vizinhos?

— A mulher do porteiro do número 5.

— A *signora* vai lá conversar com ela?

— Como posso? O senhor sabe que fico presa aqui o dia inteiro.

O marechal as vira fofocando na rua a uma distância igual entre os dois edifícios para poderem ficar de olho nas portas, mas seria perda de tempo fazê-la reconhecer isso.

— Então ela vem aqui para fofocar?

— Ela vem me ver.

— Com que frequência?

— Frequentemente. Quando ela pode.

— Todo dia?

— Geralmente quando ela vai às compras...

— Toda manhã, então.

— Se eu tivesse um marido como o dela... De que importa, no fundo são todos maus. Se eu pudesse voltar no tempo...

— Como ela sabe onde seu marido trabalha?

— Porque ela viu com os próprios olhos! E ela vai testemunhar... Ela é boa mesmo, ao contrário de outros que...

— Se ela o viu com os próprios olhos ela sabe onde fica o restaurante — Ah, é como tirar leite de pedra! O marechal estava com o rosto vermelho de raiva. Eles deviam ter percebido que ela estava mentindo, mas todo mundo ficava com pressa de se afastar daquelas lágrimas constrangedoras e da insistência para que testemunhassem sobre isso e aquilo.

– É algum dos restaurantes da Piazza Signoria...

O marechal abriu a boca e fechou novamente. Não havia tantos restaurantes assim na Piazza della Signoria. Era mais fácil ir para lá e perguntar. Ele enfiou o chapéu na cabeça e saiu pisando firme pelo pátio, murmurando:

– Vou testemunhar para ela...

No final das contas era o restaurante mais próximo ao *Palazzo Vecchio*. Havia apenas um casal fazendo hora com xícaras de café e cigarros. Todas as outras mesas haviam sido limpas e estavam cobertas com toalhas brancas. O *maître* estava vestindo seu fraque. O marechal viu que seu subordinado estava concentrado com os afazeres na cozinha. Ele era tão rabugento e detestável quanto a esposa, e tinha mais ou menos a metade do tamanho dela. Para não perder a paciência, o marechal começou a perguntar já dizendo:

– Foi naquela manhã que nevou... – ele estava preparado para uma batalha se o porteiro se mostrasse tão difícil quanto a esposa. Ele não precisava se preocupar.

– Eu me lembro. Sim, eu abri a porta para alguém quando estava saindo para o trabalho. Achei que talvez fosse o carteiro chegando cedo. Minha esposa estava no banheiro.

– Quem era?

– Não faço ideia. Ninguém entrou, então talvez tenha sido engano. Eu ia sair mesmo e fiquei um pouco surpreso de não ver ninguém.

– E não fez nada quanto a isso?

– O que eu poderia ter feito se não havia ninguém? Para dizer a verdade, pensei que fosse algum daqueles pedintes sardenhos com suas gaitas de foles. Havia um deles do outro lado da rua. Eu não teria aberto se soubesse; eles são um bando traiçoeiro e costumam trabalhar em dupla. Achei que talvez o outro tivesse tocado a campainha para entrar de fininho.

– Mas você não viu o outro?

– Não, eu lhe disse. Não havia ninguém lá quando eu saí.

– Que horas eram?

– Oito horas.

– Quanto tempo levou para sair depois de apertar o interruptor para abrir a porta?

– Poucos minutos. Não sei. O tempo de vestir meu casaco e pegar minha chave e minhas coisas.

Simples assim. E ele também percebera que havia apenas um tocador de gaita de foles. O marechal concluiu que estava na hora de fazer uma visita ao quartel-general. Antes de sair, perguntou:

– Qual seu nome completo?

– Sergio Bertelli.

– Vou precisar de um depoimento seu por escrito mais tarde. Se você não pensou em comentar esta chamada com sua mulher, chegou a pensar em nos comunicar esse fato ao saber do que aconteceu?

– Não aconteceu nada que eu esteja sabendo. Por que eu deveria ter-lhes dito?

– Não sabe que uma moradora do seu edifício foi sequestrada essa manhã e que a prova que o senhor acabou de mencionar pode ser fundamental?

– Não sei de nada disso.

Não adiantava perguntar se sua esposa não tinha lhe dito nada se eles nunca se falavam.

– O senhor não lê os jornais?

– Somente a página de esportes.

– E nem sequer deu pela falta de uma moradora do primeiro andar?

– Não sei de nada sobre os moradores. Isso é função da minha esposa.

– "Não sou nem um pouco racista. Não faço objeção a essas pessoas por causa de raça e nem acredito que nenhum outro florentino o faça. Somente pedimos a qualquer pessoa disposta a viver em uma cidade civilizada que aceite o código de conduta das pessoas civilizadas e decentes" etc. etc. Os que começam dizendo "Não sou absolutamente racista, mas" sempre acabam sendo os que têm mais preconceito de raça.

– É verdade – o promotor substituto abriu o último jornal de uma pilha sobre a mesa do capitão. – Mais três cartas... Mas o editor diz que está encerrada a correspondência. Melhor assim.

A polêmica nos jornais não começou por causa do sequestro, e sim, por causa de uma briga que acontecera dias antes em um bar muito frequentado por jovens sardenhos que ficam vagando pela cidade e gangues que lhes vendem drogas. Ninguém sabia o porquê da briga e ninguém queria saber. Em meses recentes os moradores da área perto do bar andaram reclamando com a polícia quase toda noite por causa do barulho que faziam até altas horas da noite e por causa das seringas largadas pela *piazza*, que representam um sério risco para a saúde das crianças que nela brincam de dia. A briga, na qual um sardenho cortou a garganta do outro de orelha a orelha sem matá-lo, fora a gota d'água e resultou em uma explosão antissardenha sem precedentes que afetou não apenas aquela área, mas a cidade inteira. O "problema sardenho" se tornou o principal assunto das conversas em todos os bares, salas de estar e palácios nobres da cidade.

"O que eu digo é que, se eles querem viver aqui, devem viver como nós, e não ficar dormindo a céu aberto naquela montanha como animais."

"Eu nunca me dei conta de que eles estavam tão perto, achei que eles ficavam todos na região de Mugello..."

"Eu me lembro quando meu marido era vivo e nós tivemos um casal de sardenhos de nome impronunciável; levei três meses para ensiná-la a fazer chá corretamente. Acho que ela nunca deixava a água ferver."

"Eu tinha uma tia que alugava apartamento para um pastor. O que me deixou aquele broche do qual você sempre gostou. Tão simpático, eu pensei. Eu tinha apenas dez anos. Ele costumava pagar com queijo..."

"Lorenzo estava na Sardenha mês passado. Ele queria ver a casa de Garibaldi. Ele se deprime com tanta facilidade que fico feliz por ele se distrair com alguma coisa."

"Devia sugerir-lhe visitar Portugal. A Itália não teria os problemas que tem se o Rei ainda estivesse aqui."

Poucas pessoas mencionaram o sequestro. Não houve nada sobre o caso no noticiário de televisão desde que o carro foi encontrado.

– Quem é o homem que prenderam por cortar a garganta do outro? – o promotor substituto acendeu um charuto e começou a dobrar o jornal com capricho e rapidez.

– Garau. Um cliente regular que temos. Bastante ardiloso.

– Ele não está em sua lista de suspeitos?

– Sinceramente, tirando Antonio Demontis, o terrível irmão que está sendo vigiado, não temos nenhum suspeito de verdade – apesar de que eu gostaria muito de saber onde o filho de Piladu e o garoto de Scano se enfiaram. Mas tem um jovem à paisana trabalhando nisso, contudo ele precisa ir devagar. Ele está infiltrado no grupo e está comprando regularmente pequenas doses, mas não pode começar a fazer perguntas tão cedo.

– É o mesmo bar?

– Do esfaqueamento? Sim, mas todos eles vão para lá.

– Não há muita chance de descobrir a razão da briga?

– Nenhuma mesmo. E ainda nada do consulado. Nenhum contato.

– Acha que ela morreu?

– Ainda não.

– E a menina Nilsen?

– Está no mínimo mais nervosa ainda depois que saiu do hospital. Provavelmente se sente correndo mais perigo. Não é fácil retomar a vida depois de passar por algo assim. Ela ainda está em contato regular com o subtenente Bacci e tenho toda a esperança de que ele ganhe sua confiança.

Após considerar esse aspecto do caso por mais alguns momentos, o promotor substituto comentou:

– Você escolheu bem seu homem.

– Sim. O inglês dele é excelente, e ele é muito consciencioso.

O promotor substituto escondeu um sorriso mínimo ao tragar o charuto de modo bem deliberado.

O assistente bateu na porta e entrou.

– O subtenente Bacci está aqui para falar com o senhor.

– Faça-o entrar.

Quando Bacci emergiu em meio à névoa azul que se acumulara perto da porta, o capitão pensou que, se Fussari tivesse sido um promotor substituto do tipo normal, ele teria que lhe passar os relatórios no escritório dele, deixando o seu livre de fumaça. Mas a esta altura o capitão já estava acostumado à bruma azul. Ele fez menção ao jovem policial para que se sentasse.

– Tem algo para mim?

– Sim. Tive de passar os últimos três dias juntando os pedaços. As informações vieram pedacinho por pedacinho, pois em sua cabeça ela ainda não está totalmente à vontade para falar conosco. Imagino que ela tenha medo de que o resultado seja algo acontecer com sua amiga. Nem tenho certeza se o que consegui vai servir de alguma coisa...

– Vá em frente.

– Bem, elas estavam com os olhos vendados antes de sair do carro naquela manhã, como o senhor sabe. Mesmo assim, achei que valia a pena persistir, tentando fazê-la lembrar de barulhos, cheiros, qualquer coisa que nos desse uma pista de para onde foram levadas. Parece que as fizeram deitar na parte de trás do caminhão e suas mãos estavam atadas para trás, Katrine se lembra que havia uns farrapos sob si. Alguns deles cheiravam a óleo ou graxa de um tipo que ela não reconheceu. Eu lhe dei algumas amostras de laboratórios sem dizer o que eram e ela escolheu óleo de arma como o mais parecido. Era quase certo que fosse, é claro, no interior e nesta época do ano. Mas também havia outros farrapos, uma espécie de musselina, ela achou, muito suave, mas com remendos duros e cheirando a carne podre. O cheiro era tanto que ela se lembra de tentar afastar o rosto, sem conseguir. Ainda acho que isso indica que o caminhão era usado para caçadas, mas pedi aos laboratórios para conferir sua roupa em todo caso. Eles já haviam descoberto o que eu estava procurando, traços de óleo de arma, alguns pelos marrons de cachorro, traços mínimos de carne de algum animal morto.

– É o que se encontraria na traseira de qualquer *van* no interior, como disse.

– Exceto pelo fato de não ser algum tipo de caça, e sim, carne de açougue. Eles poderão nos dizer com certeza mais tarde. Eles acham que é carneiro.

– Parece óbvio demais para ser verdade.

– Todavia é o que dizem.

– Alguma coisa sobre o local de onde foram levadas?

– Com certeza não foi para o alto da montanha. Eles seguiram direto de carro, e ela acha que não ficaram muito tempo na estrada. Talvez uns quinze minutos. Parece que eles mantiveram uma velocidade bastante estável e, apesar de sacolejar muito, ela tem certeza de que não subiram nenhum morro íngreme em primeira marcha. Quando saíram, foram levadas para dentro de um edifício, e as fizeram sentar em um chão de pedra, arenoso que precisava ser varrido. Não transpuseram nenhum móvel ao chegar ao outro lado da sala para se sentarem de costas para a parede do outro lado, e ela teve a impressão de que o recinto estava vazio, talvez por causa disso, ou talvez por causa da ressonância das vozes. Uma vez no chão, seus pés foram amarrados, e alguém ficou de guarda ao lado delas. Alguém as cutucava de vez em quando, ela acha que com um rifle, pois ele não estava muito perto, para que elas se lembrassem que ele estava lá. Não foram feridas nem ameaçadas verbalmente, na verdade, à parte a mensagem que lhe deram, eles não lhes dirigiram a palavra. Havia dois homens além daquele que estava com o rifle, e ela os ouviu discutir longamente em outro quarto.

– Ela faz alguma ideia do motivo da discussão?

– Ela não conseguia entender nem ouvi-los direito. Mesmo assim, ela teve certeza de que tinha algo a ver com ela, que somente era para estar lá a menina Maxwell. Um deles parecia furioso, e o outro, amedrontado – o que estivera no carro. Foi mera suposição da parte dela, naturalmente, mas é mais que provável que ela esteja certa. Ela não costumava passar a noite com a amiga. Ela não tinha razão para isso, já que dava para ir a pé para seu apartamento. Quem planejou essa ação não esperava que uma segunda pessoa entrasse no carro.

– E por que ela passou a noite na Piazza Pitti?

– Ainda não pude descobrir com certeza. Ela é bem vaga quanto a isso, chega mesmo a ser evasiva. Eu fico perguntando, mas ela já me deu três respostas diferentes até agora; que Deborah se sentiu um pouco deprimida, que elas saíram muito tarde da última sessão de cinema na Via Romana, que fica bem perto da Piazza Pitti.

– Isso também é verdade, nós temos os bilhetes. E a terceira razão?

– É mais vaga ainda. Ela ouvira histórias sobre pessoas sendo atacadas e tendo as bolsas roubadas e então decidiu não caminhar pela cidade sozinha. Não que isso em si não seja razoável, mas parece que ela nunca se importou com isso antes, já que ela mesma disse que não costumava passar a noite lá, mesmo quando era tarde.

– É claro que não são histórias contraditórias – o capitão disse lentamente.

– Eu sei, e são provavelmente verdadeiras a seu modo, mas tenho certeza de que tem mais alguma coisa que ela não está dizendo...

– Acha que pode haver algo de errado com a menina Maxwell? Meus homens fizeram perguntas a todos de sua sala da escola. Não conseguiram nada, mas parece que ela era bastante reservada. Ninguém era muito próximo dela.

– Katrine era mais próxima dela do que qualquer pessoa e gostava muito dela. Tenho certeza de que se houver alguma coisa ela vai me contar assim que se sentir mais confiante novamente.

– Então continue fazendo-lhe perguntas. No momento ela é nossa única esperança.

– Devo ir amanhã, como de costume...? – os olhos do jovem ficavam involuntariamente ao alcance do promotor substituto, que o observava com satisfação.

– Por que pergunta? – o significado do comentário anterior do promotor foi gradualmente fazendo sentido para o capitão. – Se está se referindo ao seu dia de folga, não haverá dias de folga durante este caso, a não ser que eu resolva abrir mão de você.

– Não era isso... é que é Domingo de Ramos... Estava apenas pensando se eu poderia mudar o horário da visita, mas não tem importância... – Ele não podia dizer o que gostaria em frente ao promotor.

– Qualquer mudança na rotina pode bastar para minar a confiança da *signorina* Nilsen – ele enfatizou o sobrenome ligeiramente, sabendo que estava sendo injusto, pois eles não souberam disso durante aqueles primeiros dias quando Bacci estava sentado à sua cabeceira. Ele deixou o jovem se retirar e ficou aliviado quando o telefone tocou antes de o promotor substituto poder falar.

– Sim?

– Recepção, senhor. Tem visita para o senhor. O cônsul americano e o senhor Maxwell.

8

Havia também a senhora Maxwell. Ao lado de seu marido alto e rechonchudo ela parecia ainda menor do que era. Seu perfume encobriu imediatamente a fumaça de tabaco; seu casaco de camurça clara e o cachecol de seda enrolado no pescoço criavam uma marca registrada de extravagância.

Foi significativo que o cônsul tenha sido o primeiro a falar. Não houve crise de desespero parental. O que significava que já haviam discutido o problema detalhadamente e decidiram seguir determinada linha de ação. Evidentemente, seria uma linha de ação bastante reservada. O cônsul se dirigiu unicamente ao promotor substituto em italiano lento e preciso pronunciado com seu sotaque estrangeiro.

– Levamos certo tempo para localizar o sr. Maxwell, pois seus interesses de negócios tornam necessário que ele viaje por todo os Estados Unidos. Felizmente, parece que temos um amigo em comum que estava com o senhor

Maxwell na mesma reunião de diretoria em Nova York segunda-feira.

– Segunda-feira... – repetiu o promotor substituto, como se quisesse destacar bem esta informação em particular. Ele inclinou o corpo para a frente em um movimento súbito, educadamente ofereceu cigarros e charutos e então se recostou novamente na cadeira como quem se retira dos procedimentos e retorna à sua costumeira posição de observador. – O capitão Maestrangelo – disse ele, enchendo seu cachimbo de maneira rápida e eficiente – precisa de algumas informações sobre a família, na verdade, tudo sobre a família, e rápido – ele não olhou para nenhum deles.

O capitão aproveitou a deixa e falou primeiro com o cônsul.

– Talvez o senhor possa dizer ao senhor Maxwell que vai traduzir minhas perguntas para ele e que ele pode se dirigir diretamente a mim em inglês. Assim perderemos menos tempo. Gostaria de saber a situação da família, onde e como vivem, como era a relação com a filha e se ela tinha algum problema em especial.

A voz de Maxwell estava um tanto aguda e suave, mas apesar disso ele falava com a autoridade de uma pessoa acostumada a fazer as coisas ao seu modo.

– Eu tenho uma série de casas em várias partes dos Estados Unidos. Passamos bastante tempo em todas elas, dependendo da estação e de onde queiramos estar.

– Essas propriedades são investimentos? Ou o senhor precisa delas por causa do trabalho em várias partes do país?

O cônsul traduziu. Maxwell esquivou-se da primeira parte da pergunta.

– Elas ficam bem longe dos locais aonde vou a trabalho. Não me entenda mal, elas não são nada de extravagante. Algumas, como a fazenda em Connecticut, são bem pequenas. Se eu gosto de um lugar, eu compro. Acho que se pode dizer que seja um *hobby*. Gostamos de emprestá-las aos amigos.

– Mas não vendê-las?

– Se tenho vontade de mudar, não vejo o que isso possa ter a ver com minha filha.

– Uma amiga de sua filha deu a entender que o senhor morava em Michigan.

– Debbie nasceu lá e nós ainda temos casa lá, mas não é a mesma na qual ela cresceu. Essa eu vendi ao me casar de novo.

– Sua primeira esposa faleceu?

– Somos divorciados. Ela se casou novamente mais ou menos na mesma época que eu. Casou-se com um banqueiro de Charlestown, oeste da Virginia, e moram lá.

– Quantos anos tinha sua filha quando se divorciaram?

– Devia ter uns quinze.

– Ela ainda mantém contato com a mãe?

– Não muito. No começo elas trocavam cartas, mas então minha ex-esposa teve outro filho, o senhor sabe como é...

– Sua ex-esposa era mais nova que o senhor?

– Oito anos.

– O senhor acha possível que sua filha seja muito infeliz?

– Tenho absoluta certeza de que não é.

– O divórcio não a abalou?
– Ela superou. Já tem quase vinte anos de idade.
– Não seria mais comum sua filha ter ficado com a mãe?
– Jean não me avisou de nada. Cheguei de viagem e ela tinha ido embora.
– Deixando a filha sozinha?
– Debbie estava em um colégio interno.
– E nas férias?
– Nessa época ela tinha duas casas para escolher.
– Mas nenhum lar?
– Desculpe, não entendi.
– O senhor passava as férias com ela?
– Eu costumava estar com minha filha, claro que sim. Aonde exatamente o senhor quer chegar? Você me parece estar perdendo tempo demais.
– Desculpe se minhas perguntas lhe aborrecem. Estou tentando descobrir que tipo de condição emocional sua filha tem vivido nos últimos seis meses. Sua filha não vive de modo extravagante o suficiente para que reparassem que ela tem mais dinheiro que uma típica estudante. Quem quer que a tenha sequestrado obteve essa informação de sua própria filha.
– O que Debbie ia fazer se misturando com criminosos?
– Isso é o que eu gostaria de saber. Ela já usou drogas?
– Não, nunca!

O rosto de Maxwell adquiriu uma expressão sombria, e sua esposa olhou para ele com ansiedade, como se estivesse querendo interferir. Ela até murmurou, em tom quase inaudível:

– Não acha que...

Mas o marido interrompeu-a.

– Quem fala sou eu, Dorothy. Debbie é minha filha.

O capitão prosseguiu calmamente.

– Pelo que entendi, sua filha veio para cá para estudar?

– Correto.

– Por que ela não faz faculdade nos Estados Unidos?

– Ela quis vir para a Itália.

– Mais de vinte universidades americanas têm filiais aqui em Florença.

– Não me parece haver nada de errado com a faculdade que ela frequenta.

– A maioria dos alunos são pós-graduados.

– Debbie... Debbie abandonou a faculdade após o primeiro ano.

– Por quê? O que houve de errado?

– Não houve nada de errado! Ela simplesmente mudou de ideia.

– Em qual de suas muitas casas o senhor passou o Natal, senhor Maxwell?

– Eu e minha esposa passamos o Natal nas Bahamas.

– Sua filha foi com vocês?

– Nós convidamos Debbie.

– Mas ela não foi?

– Não, ela não foi.

– Os amigos dela pensavam que ela fosse passar o Natal com o senhor nos Estados Unidos.

– Nós falamos nisso, mas então, no último minuto, pensamos nas Bahamas. Eu e minha esposa gostamos de viajar. Convidamos Debbie para nos acompanhar, mas ela tinha sido convidada por uma amiga para passar o Natal na Noruega e resolveu aceitar o convite. E acho que correu tudo bem. Ela se divertiu muito.

– O senhor conheceu a amiga dela quando veio aqui depois do Natal?

– Não conhecemos. Afinal íamos passar pouco tempo aqui e queríamos passar o tempo disponível com Debbie. Dorothy tinha muitas compras a fazer, e minha filha tirou uns dias sem ir à faculdade para nos acompanhar.

– O senhor se preocupou por sua filha morar sozinha na cidade?

– Por favor, isto aqui não é Nova York.

– Sua filha foi sequestrada sob a mira de uma arma.

– E parece que não estava sozinha. Debbie sabia se defender, eu fiz questão de me certificar, mas um sequestro é outra coisa.

– O que quer dizer exatamente com "saber se defender"?

– Na maioria das cidades dos Estados Unidos a polícia oferece às mulheres cursos de autodefesa, principalmente contra estupro.

– Sua filha fez algum desses cursos?

– Com certeza fez. Eu insisti para que ela fizesse.

– Por quê?

– Por quê...? Ela ter intenção de vir para cá foi uma das razões. Ela fez o curso no verão passado, antes de sair dos Estados Unidos.

– Mas, como o senhor mesmo disse, isto aqui não é Nova York.

– Vocês parecem ter sua cota de crime. E aqueles instrutores não estavam de brincadeira, pode acreditar. Eles realmente as ensinam a machucar.

– Foi o que ouvi dizer – apesar de ele jamais acreditar que mulher nenhuma agisse com tamanho sangue frio e violência em resposta a um ataque. A experiência lhe ensinara que o instinto natural da mulher é se defender e não ferir o agressor. E de acordo com um artigo sobre o assunto que lera recentemente, nem o sargento responsável pelo curso acreditava que mulher alguma fosse utilizar seus conselhos infalíveis. Elas preferiam os aerossóis ou gases de pimenta que lhes davam uma falsa sensação de segurança. Ele deixou o assunto morrer.

– O senhor tem alguma propriedade neste país, senhor Maxwell?

– Não tenho.

– Quantas vezes já esteve aqui?

– Considerando nossa visita a Debbie este ano, foi a segunda vez que visitei a Itália.

– Quando foi a primeira vez?

– Antes de Debbie nascer. Eu trouxe minha primeira esposa a Nápoles durante nossa lua de mel.

– Em que trabalha exatamente, senhor Maxwell?

– Sou acionista majoritário de uma série de empresas e, portanto, diretor delas. Elas estão espalhadas por todo o país, razão pela qual eu tenho de viajar tanto e foi tão difícil para o consulado me localizar.

– O senhor considera-se um homem rico?

– Não tanto quanto outros.

– Mas o senhor poderia pagar o resgate sem dificuldade, presumindo-se que o dinheiro pudesse entrar no país?

– Acho que o senhor pode deixar que eu me preocupe com isso.

– Infelizmente eu também tenho de me preocupar com isso. A rigor, o senhor estaria ajudando e sendo cúmplice...

– Escute aqui, o senhor não pode me impedir de resgatar minha própria filha!

O cônsul faria quase tudo para impedir que aquela discussão evoluísse, mas seria difícil dizer alguma coisa sem piorar a situação para si mesmo.

– Nós também temos toda a intenção de resgatar sua filha – o capitão disse tranquilamente –, mas também queremos pegar as pessoas que a sequestraram. O sequestro é um negócio dos mais lucrativos. Quanto mais lucrativo ele se torna, mais pessoas serão sequestradas no futuro.

– Eu não me importo com outras pessoas que venham a ser sequestradas, isso é problema seu. Quero minha filha viva de volta, e se o preço for...

O capitão relaxou, e o promotor substituto se aprumou na cadeira outra vez, e ignorando Maxwell, que estava com o rosto vermelho e com a esposa lhe segurando o braço, perguntou ao cônsul:

– Quando recebeu a mensagem?

– Oito dias atrás – o cônsul fuzilou Maxwell com um olhar irritado por fazê-lo de bobo.

– Oito dias atrás – o promotor substituto repetiu do mesmo jeito que repetira "segunda-feira". Ele nem fez a pergunta seguinte, continuou olhando para o cônsul com expectativa.

– Era uma mensagem pessoal para o senhor Maxwell. O senhor certamente entende que eu não poderia aceitar a responsabilidade... se qualquer coisa acontecesse com a filha dele...

– Algo deve ter de fato acontecido com ela após oito dias. Quando deu pela falta de sua filha, senhor Maxwell?

– Naturalmente, quando recebi o telefonema do consulado.

– Em outras palavras, o senhor não deu pela falta dela. Nós a estamos procurando faz três semanas. Capitão... – ele escolheu um charuto fresco e recostou-se.

– O que dizia exatamente a mensagem?

– "Senhor Maxwell, estamos com Deborah. O preço é um milhão e meio." Não podíamos decidir nada à revelia do senhor Maxwell.

– Entendo. Disseram-lhe onde deixar o dinheiro?

– Não, não disseram nada além disso.

O capitão acreditou nele. Os sequestradores somente iam determinar o local depois que soubessem que Maxwell estava com o dinheiro na mão. De qualquer maneira, eles sabiam que a menina Nilsen não havia entregue a mensagem a não ser que eles estivessem conjecturando, o que diziam é que ela tinha sido encontrada inconsciente. Ele virou-se para Maxwell.

– O senhor ainda pode cooperar conosco.

– Quero apenas minha filha.

– Entendo. É claro que nós vamos cooperar com o senhor.

– O que quer dizer com isso?

– Como sabe se essas pessoas estão realmente com sua filha?

– Ela desapareceu, não desapareceu? E aqui está a mensagem, sem contar que a outra menina é testemunha!

– Testemunha do sequestro, sim. Mas isso faz três semanas, como o promotor substituto já observou. Onde ela está agora, nas mãos de quem, se ainda está viva, essas são perguntas que precisam ser respondidas antes de se pagar um resgate.

A cor sumiu do rosto de Maxwell. Será que ele somente estava se dando conta da realidade agora?

– Não tenho como saber isso – ele disse em voz mais baixa. – Não posso correr o risco...

– Nós temos formas de descobrir e vamos cooperar com o senhor como eu disse, a despeito de o senhor cooperar conosco ou não. Quando ocorrer o próximo telefonema, e ele vai ocorrer em breve, o senhor vai pedir uma cópia do jornal do dia assinado por sua filha. E também vai pedir que eles respondam a três perguntas.

– Que perguntas? – a esta altura ele já estava mais manso.

– Quaisquer perguntas que o senhor queira, contanto que tenha certeza de que apenas sua filha seja capaz de respondê-las, como o apelido de uma amiga de infância, por exemplo, ou a descrição de algum animal de estimação que ela tinha, qualquer coisa que ela saiba, mas os sequestradores não possam saber. Reflita. Quando tiver o jornal e as respostas para as três perguntas, ao menos saberá que sua filha ainda está viva e em condições de responder. Enquanto isso... – ele pegou o papel dobrado da pilha sobre sua mesa. – Esta carta foi entregue à garota que eles soltaram. Não sabemos ao certo, mas provavelmente era para lhe ser entregue assim que chegasse.

Maxwell examinou a carta em silêncio, deixou o cônsul lê-la e então devolveu-a ao capitão. Ele ainda demonstrava pouca reação emocional, apesar de estar claramente com raiva de si mesmo por deixar sua natural arrogância ser esmagada com tamanha facilidade.

O capitão se voltou para a senhora Maxwell e disse:

– A *signora* se dá bem com sua enteada?

– Nós nos damos bem. É claro que nunca nos vimos com muita frequência...

– Quando foram juntas às compras aqui, ela alguma vez disse algo sobre o modo como costumava gastar sua mesada?

– Ora, não... Imagino que ela comprasse roupas, como as demais garotas, e saísse e se divertisse. Tenho certeza de que ela tem muitos amigos.

– Ela não tem nenhum problema de saúde que a *signora* saiba?

– Não, nenhum, ela é uma garota forte... Quando estava em casa ela adorava cavalgar. Ela não pode cavalgar aqui, é claro, pois está na cidade, por isso John...

– Sim?

– Acho que ele teria gostado se ela fosse para casa – ela olhou para o marido, ansiosa.

Foi ela quem, deu sinais de estar seriamente abalada, pouco antes de irem embora.

– Eles não vão machucá-la... entende o que quero dizer...? Eles não vão tocar nela...? – o rosto dela ficou manchado sob a maquiagem e seus olhos subitamente se encheram de lágrimas.

– É bastante improvável. O sequestro é um negócio, como eu disse ao seu marido. Essas pessoas não têm nada de pessoal contra a vítima. É interessante para elas mantê-la em segurança. Ela não estará confortável, mas será alimentada corretamente e bem cuidada. Antes que o senhor vá embora, importa-se de me dizer onde está hospedado?

– No *Excelsior*.

– Faz o tipo teimoso, o nosso senhor Maxwell – comentou o promotor substituto quando estava novamente a sós com o capitão –, apesar de que isso não pareceu surpreendê-lo. É normal esse tipo de comportamento?

– Certamente não é incomum. As mães são de muito mais ajuda depois que se acalmam e alguém lhes diz o que fazer. Mas, por outro lado, este deve ser um daqueles casos no qual a ignorância é uma benção. São muito poucos os pais de vítimas de sequestro que não se preocupam de ter suas finanças examinadas tão de perto. Eles ficam consideravelmente abalados ao pensar que alguém já as tenha examinado de perto antes de escolher a vítima. Duvido que esse homem seja exceção.

– E também ele veio para cá com toda a calma, se foi informado na segunda-feira. Hoje é sábado. É claro que não sabemos quando ele chegou a Florença...

O capitão pegou o telefone externo.

– Faça-me uma ligação para o hotel *Excelsior*, por favor... não, eu espero... *Excelsior*? Pode me dizer se o senhor John Maxwell já chegou... Na hora do almoço de quarta-feira. Obrigado – ele girou um lápis repetidas vezes entre os dedos. – Qual diferença faria um dia ou dois?

– Imagino que o problema não tenha sido arrumar lugar no avião. Primeira classe, e em março.

O telefone tocou.

– O marechal Guarnaccia em Pitti para o senhor.

– Obrigado. Boa tarde, marechal.

– Eu estava vindo falar com o senhor, mas aconteceram algumas coisas. Primeiramente, consegui falar com Bertelli, o marido da mulher chorosa do número 3. Ele trabalha em um restaurante. Foi ele quem deixou entrar o sequestrador ao sair para trabalhar. A esposa dele estava no banheiro. Ele reparou que havia um tocador de gaita de foles, como também havia percebido, e o que digo é que era mesmo para que reparássemos. Não acredito que tenha sido coincidência, e se não foi... – ele finalmente destrinçou – se não foi, isso quer dizer que os pastores sardenhos se vestiram deliberadamente como pastores sardenhos para realizar um sequestro. É mais do que uma coincidência ridícula. Alguém quer fazer com que culpemos os sardenhos.

O capitão tinha dito basicamente a mesma coisa em referência aos traços de carne de carneiro no caminhão.

– Mesmo assim, Demontis é sardenho, e Piladu e o garoto de Scano também.

– Espere aí, vou chegar lá. O filho de Piladu... ele morreu. Por isso eu me atrasei para vir lhe encontrar. Eu tinha intenção de pegar meu carro e ir até aí para vê-los assim que falei com Bertelli, mas quando voltei aqui, Lorenzini tinha essa mensagem, vinda lá de perto do forte. Umas crianças viram um pé parcialmente descoberto no meio do mato ao lado da estrada. Fica na minha região, é claro... Não sei há quanto tempo ele está morto, mas fui até o local e o legista ainda estava lá. Ele disse que é quase certo que tenha sido uma *overdose*. Eles levaram o corpo para o Instituto Médico Legal. Acabei de chegar de lá.

– É melhor vir aqui de qualquer jeito.

– Se formos a Pontino, terei de avisar meu brigadeiro.

– Acho que teremos de ir.

O marechal urrou para Lorenzini ao longe e disse:

– Parece que isso não tem nada a ver com o sequestro.

– Não tenho certeza.

– Pode ter algo a ver com a briga no bar, contudo. Eu vou para lá, então – e desligou.

– O filho de Piladu foi encontrado morto.

– Como ele morreu?

– Provavelmente de *overdose*.

– Quem vai contar ao pai dele?

– Imagino que é melhor o brigadeiro em Pontino fazer isso. Eu quero ir até lá – ele ligou para seu ajudante e o mandou trazer Bacci de volta.

– Nesse caso eu vou até a Procuradoria. Ainda acha que o garoto está envolvido em nosso caso?

– Acho, sim.

– Foi o que eu pensei. Vou para lá antes que indiquem outro promotor para o caso.

– Suponho que deva ir, apesar de que imagino que Guarnaccia deve ter mencionado o caso.

– Hummm. Casualmente, estive lendo alguns estudos recentes sobre o banditismo sardenho. Parece que esse tipo de coisa vem acontecendo desde que os romanos colonizaram a Sardenha e levaram a população nativa dos ricos pastos nas terras baixas para a região mais alta, na Barbagia.

– Sim, foi isso – mas desde quando o promotor substituto tinha tempo para leituras recreativas? Ele sempre parece estar indo de um lugar para outro...

– E dizem que eles ainda se chamam de *Pelliti*, porque eles costumavam se vestir sempre com peles de bode e de carneiro.

– E mandam mensagens políticas violentas sobre libertar a Sardenha do domínio italiano enquanto investem o dinheiro dos resgates na especulação imobiliária no sul da França e até na América do Sul.

– Eles somente roubavam carneiros dos romanos.

– Carneiros fazem barulho. Gente com uma arma apontada contra a cabeça, não.

9

– As coisas não são como deveriam, é claro... – O brigadeiro havia achado ao menos um público compreensivo, e ele e o marechal foram sacolejando juntos confortavelmente dentro de um jipe, enquanto o capitão e Bacci os seguiam num carro. – Estamos sem marechal faz quase quatro meses. Não que eu não consiga segurar as pontas, mas sabe como é quando metade dos garotos são do Serviço Nacional e quando você começa a colocá-los na linha eles já estão prontos para ir embora.

O marechal resmungou.

– Quando eu penso como era quando eu me alistei... o senhor não está tão mal aqui em Florença, onde ao menos tem uma cantina central, mas, desde que tivemos de nos virar sem nenhum zelador residente nas delegacias menores, temos de perder metade do tempo ensinando os filhinhos de mamãe a preparar macarrão.

– Humpf...

– Uma coisa é estar com o quadro completo, mas se você pensar que qualquer um dos meus garotos responsável pela guarda durante o dia também é responsável pelas compras e pela cozinha, e que eu tenho que mandar outro garoto substituí-lo na guarda e deixar outro à disposição do magistrado local, e mais dois patrulhando de moto... como é que eu fico se acontece um caso como esse e eu tenho de me ausentar?

– É difícil...

– Vou lhe contar que é difícil. Quantos homens eles acham que eu tenho?

– E quantos tem?

– Tenho o bastante apenas para me virar, mas as coisas não são como deveriam ser e não são como eram antigamente.

– Ah, não...

– Não que um caso como esse apareça todo dia, não estou dizendo isso e não estou dizendo que não possa dar conta, mas eu deveria ser um marechal neste trabalho, deveria estar lá caso algo aconteça na comunidade, entende?

O marechal soltou um rosnado.

– Já disse isso ao capitão, apesar de que não com todas as palavras, com a melhor das intenções, mas o senhor entende o que estou dizendo. Esta é a casa de Piladu, mas se me perguntar, direi que não tem ninguém a esta hora do sábado. Somente quando ele volta para casa para a ordenha... A esta hora não tem ninguém! – ele repetiu alto para o homem atrás de si ao descer do jipe.

Bateram as portas do carro, e as galinhas se dispersaram.

– E a esposa dele? – perguntou o capitão.

– É sábado – repetiu o brigadeiro pacientemente. – É quando ela sai para fazer as compras de fim de semana.

Eles ficaram em silêncio por um momento, todos eles imaginando se ela estaria fazendo compras para o filho que jazia agora em uma mesa de autópsia no Instituto Médico Legal.

– De toda forma faz semanas que ele não aparece em casa... – o brigadeiro continuou o pensamento compartilhado por ambos em voz alta. – Ou pelo menos não apareceu se eles estavam falando a verdade – não era provável que estivessem. Era quase certo que ele tenha aparecido em casa de vez em quando, nem que fosse para trocar de roupa.

– Não sabemos há quanto tempo ele está morto – o marechal murmurou –, apesar de que não pode ser muito tempo, pois ele não estava...

– Que horas acha que ela estará de volta? – o capitão interrompeu, dirigindo-se ao brigadeiro.

– Cerca de seis e meia, acho. Hora de ela deixar as compras de lado antes de ele chegar com o leite. Ele vai chegar primeiro... – ele olhou para o relógio. – São quase seis.

O sol já havia perdido seu calor, e a luz estava um pouquinho mais amena, o que deu um aspecto desamparado à casa vazia e suas decrépitas construções externas. Bacci e o marechal estavam olhando pela janela descortinada próximos aos degraus que levavam à porta da frente. Dava para ver na penumbra as prateleiras de estantes de madeira, os queijos mais próximos em tom branco luminoso, os mais distantes com um tom de amarelo escuro amadurecido já oleosos.

– Muitas boas horas de trabalho aí dentro – o marechal disse baixinho.

– Muitos queijos saborosos eu prensei para o povo ingrato da cidade, mas nunca voltei com muito dinheiro no bolso – citou Bacci, que estudara no Liceo Classico.

O marechal lançou-lhe um olhar engraçado.

– Queijo pecorino custa dez mil liras o quilo.

– Mas se levarmos em conta que há intermediários...

– Eles vendem diretamente nas lojas!

– Ele está aqui – o brigadeiro ouviu um ínfimo tinido de sininhos de carneiros e o latido distante do cachorro mais novo.

A figura escura surgiu à vista contra uma silhueta branca que se deslocava aos tropeços. O velho cão labutava ao seu lado enquanto o mais novo corria loucamente para cima e para baixo sem conseguir distrair os carneiros que estavam ansiosos para chegar em casa e serem ordenhados.

Piladu estava carregando um carneiro recém-nascido que parecia jazer sem vida debaixo de seu braço. Quando ele se aproximou o bastante, eles viram que suas patas traseiras se mexiam delicadamente.

Ele sabia que os quatro homens não viriam por nada que ele tivesse feito. Não era preciso perguntar do que se tratava. Foi para o brigadeiro que ele olhou.

– O senhor o prendeu? – Mas eles não viriam aqui apenas para dizer isso. – Ele morreu?

– Sim.

Os carneiros estavam forçando o curral, tropeçando e balindo. O filho mais novo vinha mais atrás, dando passos largos com a ajuda de um cajado de pastor.

– Anda, Fido, anda, vamos lá... – Piladu disse, sem tirar os olhos dos quatro homens uniformizados. O cachorro avançou poucos passos e virou-se, sacudindo a cauda ansiosamente. – Vamos – Piladu repetiu e o cachorro passou para trás do curral de carneiros. – Foi *overdose*?

– Provavelmente. Eles vão ter de... Poderemos lhe dizer com certeza mais tarde.

– Não faz diferença, faz? Ele está morto.

As coisas poderiam piorar e não melhorar quando a esposa dele chegasse. Se valia a pena perguntar, era melhor que perguntassem agora.

– Essa história de ele ter desaparecido... – o brigadeiro começou a falar. – É possível que ele esteja envolvido em algo grande. Se o senhor souber de qualquer coisa, agora que... Se o senhor puder nos dizer qualquer coisa que possa salvar a vida da menina.

– É culpa da mãe dele... Ela o estragou... – ele estava levantando a cabeça do carneiro, puxando-lhe o focinho para que balisse. – Ela o estragou porque foi o primeiro. Se tivesse sido do meu jeito... – um dos carneiros forçou passagem em meio ao rebanho por causa do barulho débil do carneirinho. Ele deitou a frágil criatura sobre uma moita perto do curral para que sua mãe a lambesse.

– O senhor pode salvar a vida dessa garota. É tarde demais para salvar seu rapaz, mas o senhor ainda pode ajudá-la.

Piladu pegou uma mamadeira de alguma parte escondida de sua capa. – Fraco demais para mamar sozinho – ele se agachou detrás da mãe para extrair seu leite para dentro da mamadeira. – Ela o estragou, e agora ele morreu – ele virou o rosto.

– O senhor vai nos ajudar a descobrir o que aconteceu?

Piladu continuou de rosto virado, olhando por sobre as cabeças do rebanho, que baliam. Ele devia estar falando com os carneiros quando disse baixinho:

– Vão se danar vocês todos.

– Os jovens de hoje não acreditam nisso. Eles acabam logo pegando um emprego das oito às cinco na fábrica, se conseguem, e o pior é que aqueles que arrumam emprego não conseguem arrumar esposa. Quando o filho mais velho chega à idade de casar, qualquer garota que ele leve para casa acaba vendo a vida que a mãe dele tem de aguentar e desiste de tudo.

– Isso é verdade...

– É claro que é verdade, mas onde isso vai parar? Se ninguém quer trabalhar na terra. Vamos dar a volta no vilarejo. Eles estão aí atrás? É trágico – tem um cara nesta estrada no qual quero ficar de olho e estamos a meio caminho – perder seu filho mais velho. Ele nunca foi de ajudar o pai, mas mesmo assim... Não dá nem para imaginar.

O marechal estava pensando em seus dois filhos. Como alguém podia superar algo assim? E a mãe...

– Não dá nem para imaginar – disse o brigadeiro outra vez, tirando e botando o chapéu repetidamente, apesar de estar perfeitamente ajustado. – Tem horas que este trabalho derruba a gente. Ninguém quer dizer a um homem que seu filho mais velho morreu. Às vezes sinto vontade de arrumar outro trabalho. Olhe, quem é aquele? Não me parece ser gente de bem... eu seria capaz de reconhecer aquele jeito fugidio de caminhar em qualquer parte. Agora, o que ele está fazendo aqui? – ele pôs o braço para fora do lado aberto do jipe e pisou no freio com sua bota pesada.

À esquerda deles, uma figura deslizou para dentro das árvores que orlavam a estrada para o vilarejo.

– Será que ele nos viu?

– Não sei como poderia ter visto. Ele estava de costas para nós e parecia ter outras coisas em mente. Quem é ele?

– É o garoto de Scano, eis quem ele é. Um rapaz com quem gostaríamos de falar, eu e o capitão – ele enfiou a cabeça para fora da janela para olhar para trás. O carro do capitão havia parado. Não havia espaço para parar ao lado.

– É melhor trocarmos uma palavrinha – disse o brigadeiro, afastando a cabeça da janela e abrindo a porta.

O capitão baixou a janela, desnorteado.

– Acabo de ver o garoto de Scano – o brigadeiro explicou.

– Não vi ninguém.

– Não dava para ver daí. Ele estava seguindo para o vilarejo, mas não estava seguindo a trilha. Evidentemente, ele não queria ser visto.

– Como sabia disso? Por que veio aqui?

– Eu não sabia. Não faz diferença a razão por que viemos aqui. O fato é que é o caminho para a fábrica de salsichas de Patresi.

– Por causa de...?

– Por causa de Pratesi. Vamos passar pela casa dele em um minuto. Não tem nada a ver com este trabalho, somente gosto de passar por lá; porque cedo ou tarde vou pegá-lo com a boca na botija. Não posso provar nada ainda, mas ele não está apenas fazendo salsichas, ele está trapaceando ao comprar e vender coisas por debaixo dos panos, sem anotar nada na contabilidade. De qualquer forma, o garoto de Scano deve ter ido encontrar o guarda da reserva de caça no vilarejo.

– O guarda de caça? E aquele jovem pastor que vimos lá outro dia, como era o nome dele?

– Rudolph? Não, não, não, ele não estava indo para lá, não dá para ir para lá por este caminho. Tem um muro separando a vila e os jardins do padoque e dos estábulos que Rudolph usa. Tem um portão no muro, mas ele fica trancado com cadeado, pois a família não vem mais. Somente se consegue chegar à casa de Rudolph pela estrada que pegamos no outro dia quando achamos o carro – ou a pé, por um outro de caminho a meio quilômetro daqui – e, em todo caso, Rudolph não estará aqui amanhã, pois é Domingo de Ramos. Não. É o guarda de caça que vamos ver. O que devemos fazer?

– Seus homens conhecem esta área melhor. Mande um deles vir para cá à paisana de motocicleta civil – melhor ainda, uma lambreta, parece mais inocente. E diga para ele vir logo.

Do escritório do brigadeiro o capitão ligou para Maxwell no *Excelsior*, mandando Bacci passar para a sala de serviço ligada ao escritório e pegar a extensão do telefone.

– Recebeu mais alguma mensagem deles? – ele balançou a cabeça apontando Bacci, pedindo a ele que traduzisse.

Maxwell hesitou antes de dizer:
– Recebi, sim...
– Onde?
– Onde...?
– Através do consulado?
– Eu... eu não estou preparado para dizer.
– Eles ligaram para você no seu hotel, não ligaram?
Silêncio.
– Como souberam onde o senhor estava hospedado?
– Isso não é segredo, qualquer um poderia ter descoberto!
– Senhor Maxwell, eu entendi perfeitamente que o senhor pretende pagar este resgate o mais rápido possível e não correr risco nenhum, e, como eu quero pegar esses sequestradores, estamos perseguindo objetivos opostos de certo modo. Entretanto, se não houver cooperação mútua, sua filha pode perder a vida. O senhor precisa da ajuda que posso lhe dar, pois, se o senhor der um passo em falso ou deixar de reagir prontamente por não saber o que fazer, sua filha será dispensada por ter se tornado uma propriedade perigosa a se manter. Ela é valiosa para eles, mas seu valor tem limites. Eles já imaginam que o senhor vá pedir ajuda e se aconselhar comigo. O risco de o senhor falar é equilibrado quando eu evito que o senhor aja de maneira errada. Eles sabem que, a não ser que eu tenha muita sorte, a única chance que tenho de pegá-los é no momento em que forem pegar o resgate e eles sabem igualmente bem que o senhor não vai arriscar a vida de sua filha me dizendo onde isso vai acontecer.
– O senhor poderia ter me seguido.

– E o senhor poderia mandar outra pessoa que eu conheço. Tenho certeza de que o senhor já concordou em fazer isso.

Outro silêncio. O capitão e Bacci se entreolharam pela porta entre as duas salas. Lidar com uma terceira parte tornava as coisas ainda mais difíceis do que elas já eram, mas o jovem policial não podia lidar com a situação daquele jeito e o capitão não podia correr o risco de não se fazer compreender perfeitamente. Como Maxwell ainda não respondia, ele prosseguiu com mais gentileza:

– Por favor, tente se lembrar que eu não criei a situação em que o senhor se encontra, mas tenho mais experiência nisso. Por razões que seria complicado demais lhe explicar agora, acredito que esse não seja um sequestro profissional e que as pessoas envolvidas são ineficientes e provavelmente estão com medo. Se fosse um trabalho profissional, tudo que importaria, do seu ponto de vista, seria seguir as instruções deles e seguir no ritmo deles com minha ajuda. Mas, nestas circunstâncias, creio que a cada hora que passa se torna maior o risco de o senhor não rever sua filha, pagando o resgate ou não, e ao pagar o senhor pode estar assinando sua sentença de morte. Consequentemente, se o senhor não quiser cooperar, eu me sentirei no direito de seguir com meu trabalho e deixá-lo livre para agir do jeito que achar melhor.

– Deixar-me livre?

– Para agir da maneira que achar melhor, sim.

– E então o que eu faço quando conseguir o jornal e as respostas às três perguntas que o senhor me disse para fazer?

– O senhor decide. Talvez deseje se aconselhar com seu consulado.

– Talvez faça isso mesmo... Vou ligar para o consulado agora mesmo! – ele desligou o telefone.

Após mandar Bacci sair e tomar um café com o brigadeiro, que estava perdendo a paciência com um recruta na cozinha, o capitão fechou a porta para não ouvir barulho e se sentou para aguardar, olhando de vez em quando para o relógio de pulso. Ele gostaria de ter ligado para o marechal Guarnaccia, que voltara para Florença, mas não queria ocupar a linha, e em todo caso o marechal havia falado qualquer coisa sobre estar indo para a penitenciária. Não que o capitão não tivesse nada de específico para perguntar a ele, mas nas poucas ocasiões que trabalharam juntos, o marechal sempre teve algo útil para oferecer. O único problema era que, apesar de não deixar passar nenhum ardil, ele era terrivelmente lento. Quando se fazia uma pergunta a ele, podia demorar uma semana para se ter a resposta. O capitão sabia que não dispunha de uma semana. Até onde ele sabia, podia até já ser tarde demais.

Passados quinze minutos, o brigadeiro enfiou a cabeça pela porta pensando que o capitão tinha ido a algum lugar, tamanho o silêncio. Ele murmurou qualquer coisa inaudível e se retirou. Meia hora se passou.

No final do caso, se tudo corresse bem, um aliviado John Maxwell o agradeceria profusamente e abraçaria sua filha para as câmeras de tevê. Com crianças era mais simples. Havia menos tensão e em suas vidas não havia tido tempo para muitas coisas darem errado. No fim do caso as pessoas veriam um pouquinho de gravações da criança sentada no sofá da sala de estar entre os pais que jamais tiravam os olhos do filho durante a entrevista.

– Quem lhe resgatou, você sabe?

– O *carabiniere*.

– Quando se deu conta do que estava acontecendo? Viu alguém de uniforme?

– Não. O primeiro homem a chegar estava de roupas comuns. Depois eu vi os uniformes.

– E você soube então que estava em segurança?

– Sim.

Agora não havia câmeras de tevê. Ele olhou para seu relógio. Quarenta minutos. Raramente levava mais de uma hora. Às vezes ele teria gostado de desabafar com alguém, mas seus homens e policiais tinham seus próprios problemas. A única pessoa que lhe veio à mente foi o promotor substituto, mas os anos de batalha com magistrados arrogantes e ambiciosos já haviam lhe custado caro demais e ele sorriu melancolicamente consigo mesmo por ter uma ideia tão peculiar. Bem, mais tarde ele telefonaria para Guarnaccia... apenas para mantê-lo informado.

O capitão fechou os olhos. Paciência. Raramente levava mais de uma hora.

Levou uma hora e dez minutos. O telefone tocou. Quem falou foi a senhora Maxwell e não seu marido.

– Nós ligamos para seu número, mas eles nos deram este número para ligar...

Os dez minutos extras provavelmente foram apenas o tempo que levaram para encontrá-lo. A julgar por sua voz, ela andara chorando.

– Conversei com meu marido e achamos que existe algo que deveríamos ter mencionado que deve ser importante... O senhor me entende?

– Entendo – agora era a vez de eles falarem; ele se sairia melhor sem Bacci agora.

– Não pensamos nisso antes... e não é algo sobre o que John goste de conversar. O senhor entende? Espero que não fique bravo.

– Não, *signora*. Não vou ficar bravo.

– Debbie... bem, ela teve problemas na faculdade e teve de ir embora.

– Drogas?

– Somente maconha, nada que se considere droga de verdade. Em alguns lugares do Estados Unidos é legal agora, de modo que não achamos que...

– Quanto tempo atrás?

– Como?

– Quanto tempo atrás? A maconha?

– Cerca de um ano atrás. Ela estava na faculdade fazia apenas um ano, menos de um ano se... nós pensamos se ela não teria tentado comprar um pouco aqui, somente isso, e talvez assim ela tenha entrado em contato com o tipo errado de pessoas. A maconha não é legalizada aqui?

– Não.

– Bem, achamos que devíamos mencionar isso.

— Seu marido está aí?

— Ele está bem ao meu lado. Nós faremos tudo que pudermos...

— *Signora*, obrigado. Eu gostaria de falar com seu marido, por favor — era melhor assim do que fazê-lo pedir que ela lhe passasse o aparelho. O importante agora era deixá-lo salvar sua cara. O capitão falou logo, ocupando o tempo no qual Maxwell deveria se achar no dever de se desculpar para perguntar-lhe rapidamente — O que o senhor fazia no norte da Itália em janeiro? Estava esquiando? Por favor, não responda sem pensar. Ficou em um hotel, creio eu?

E preencheu uma ficha que podia ser conferida.

— Eu tinha um negócio a resolver em Turim — o capitão não disse nada, de modo que ele se sentiu obrigado a continuar para se explicar. — Sei que eu disse que essa era minha primeira visita ao país desde a lua de mel com a mãe de Debbie, e é verdade. Eu não tenho negócios aqui, aquilo foi uma exceção.

— Espere um instante, por favor — ele ficou de pé. — Bacci!

— Desculpe, eu não sabia...

— Pegue o telefone! Pergunte a ele se alugou um carro da última vez que esteve em Florença! — ele teve de interromper por não se lembrar do verbo em inglês que lhe veio à mente assim que Bacci o pronunciou.

— Aluguei.

— E o senhor saiu dirigindo por pontos turísticos? Fora de Florença?

– Umas duas vezes, sim.

– Viu algo de seu gosto?

A resposta à tradução de Bacci foi o silêncio.

– Senhor Maxwell, não há lei neste país contra a compra de propriedades, e não é de importância primordial agora se o senhor tinha intenção de tirar dinheiro de seu próprio país sem pagar imposto. Tenho esperança de salvar a vida de sua filha.

– Era um presente para Debbie. Ela gosta daqui, mas aquele lugar que ela tem não passa de uma pocilga. Ela estava acostumada a ter espaço em casa.

– E a cavalgar.

– Isso mesmo. Foi em parte ideia de minha esposa. Ela achava que devíamos dar-lhe um lugar mais saudável, onde pudéssemos ficar com ela quando viéssemos visitá-la.

– Sua filha não tinha intenção de voltar para os Estados Unidos?

– Ela disse que não.

– Houve alguma briga entre os senhores e ela por causa disso?

– Não disse isso. E não sei que mal pode haver em comprar um lugar para minha filha. O imóvel que achei estava decadente mesmo, e estava vazio há anos.

– Nem tão vazio.

– Claro que está vazio. Eu resolvi tudo com o dono pessoalmente, e ele não pisava no imóvel desde a guerra. Além do que, examinei tudo assim que o vi, persuadi o caseiro a nos mostrar o local.

— O senhor não disse a ele que estava interessado em comprar?

— Não disse. Não havia decidido nada até então.

— Disse à sua filha?

— Não, eu queria fazer-lhe uma surpresa. Foi ideia de Dorothy. Nós íamos contar a ela em seu aniversário, daqui a duas semanas.

— Quem sabia?

— O próprio conde, quer dizer, o dono, e seu agente local. Pedi ao conde para avisar-lhe de meus planos de reformar a casa. Se o projeto não fosse aceito pelo conselho local, eu não compraria.

— Se o senhor submeteu seus planos ao conselho local, com certeza muita gente teria acesso a eles.

— Escute, isso não tem nada a ver com o que aconteceu a Debbie. Quem quer que saiba desse projeto, não poderá saber que é meu. Não houve menção ao meu nome.

— O projeto foi aprovado?

— Foi.

— O senhor sabia que duas pessoas tinham contratos com o proprietário?

— Sei de uma pessoa. O outro apenas compra a grama todo verão e não tem direito nenhum sobre a terra. Ele cultivava certa quantidade para si, mas não tinha direitos.

— E o outro?

— É esse caseiro que mencionei. Um bom advogado teria resolvido isso. O conde me aconselhou a colocar o imóvel no nome de minha filha. Seu contrato de aluguel do apartamento acaba em pouco tempo e ela pode alegar não ter para onde ir. Se não desse certo, o pior que podia acontecer era eu levar alguns anos para tirá-lo de lá.

– O senhor não assinou o contrato de venda?

– Não.

– Ainda pretende comprar?

– Mas é claro que não!

– Sei. Acho que agora poderemos encontrar sua filha.

– Escute aqui, passei a vida inteira fazendo negócios e sei em quem não posso confiar. Ninguém sabe que eu ia comprar aquele lugar, a não ser o dono!

– Quem o apresentou a ele?

– Um amigo meu de Nova York.

– O senhor disse a ele por que queria ser apresentado?

– Não, não disse. Ele tem muitos negócios em Turim e eu apenas disse a ele que estava indo lá.

– Pelo que entendi, nesse caso ele não é um amigo próximo?

– Há amigos de quem se gosta e amigos de quem não se gosta.

– Como o senhor soube que ele conhecia o dono?

– Através de um amigo em comum no consulado.

– Quem lhe disse que ele era dono da propriedade?

– O caseiro que nos mostrou o lugar... e ele sequer sabe meu nome.

Voltaram ao mesmo ponto. A única pessoa que poderia ter soltado a informação era a própria garota.

– Senhor Maxwell, considerando-se que a vida de sua filha está em perigo, o senhor jura para mim que ela não sabia nada sobre isso?

– Juro que ela não sabia.

E estava claro que ele não estava mentindo. Aparentemente apenas depois de pensar bem o capitão perguntou:

– O senhor pretendia assinar o contrato nesta viagem?

– Pretendia, sim.

– Quer dizer que o senhor já tinha um voo reservado quando ficou sabendo do acontecido?

– Felizmente, sim... Escute, todas as informações que lhe disse são confidenciais, lembre-se disso. O senhor não pode usar minha filha para se aproveitar de mim.

– Bacci, diga a eles para não sair do hotel – ele desligou.

O brigadeiro bateu e entrou.

– É o garoto de Scano. Ele saiu da mansão. Ele tinha uma lambreta escondida em uns arbustos não muito longe e agora ele pegou a trilha que dá para a montanha. Meu homem quer saber o que fazer; se ele o seguir até lá em cima, será visto...

– Mande-o voltar, não podemos nos arriscar... e traga-me um copo d'água, sim?

Um pouquinho depois, quando ele já estava de volta, o capitão discou o número de Guarnaccia em Pitti.

– O marechal ainda não voltou.

– Ele não telefonou?

– Não. Não é de seu feitio, principalmente porque ainda não comemos. Não quero mandar ninguém à cantina, pois pode acontecer alguma coisa e ele venha a precisar de nós. Devo pedir a ele que lhe retorne a ligação quando chegar?

– Eu tenho de sair... – o que Guarnaccia tinha para fazer que fosse mais importante que este caso? Isso não era hora de sumir.

– Ainda está aí, senhor? Ele está chegando agora...

Ouviu-se uma tosse e uma respiração profunda antes de o marechal dizer:

– Guarnaccia.

– Venho tentando te localizar.

– Sim, Lorenzini me disse.

– Achei que era melhor mantê-lo informado... o senhor saiu daqui com tanta pressa que não disse se tinha algum palpite sobre o negócio da mansão...

– Não, não... Não tive oportunidade.

– Maxwell tinha intenção de comprar a mansão.

– Entendo.

– E se livrar do caseiro.

– Entendo.

– Obviamente, isso quer dizer que ele está envolvido.

– Como um cabeça de operação?

– Provavelmente.

– Compreendo.

– Algum problema?

– Não...

– Seu brigadeiro ficou preocupado com sua demora.

– Houve uma tentativa de suicídio na prisão. Eu esperei.

– Cipolla?

– Sim. Acho que não posso lhe ajudar muito, para ser honesto. Não conheço essas pessoas. Se o senhor perguntasse ao brigadeiro... Jamais vi esse tal de Pratesi.

– Pratesi?

– A fábrica de salsichas pela qual passamos pouco antes do vilarejo. Achei que o brigadeiro havia lhe dito de suas suspeitas de que Pratesi esteja fazendo algo fora da lei.

– Acho que comentou, sim. O senhor acha que possa ter algo a ver com drogas?

– Drogas? Não, nunca me ocorreu isso... mas eu também não perguntei nada, apenas achei que estivesse fazendo caixa 2 com a venda da carne que comercializa. É claro que deve ter algo a ver com drogas.

– É provável que a garota sequestrada seja viciada.

– Nesse caso...

– Deve haver algum ponto de contato. Não é um trabalho profissional.

– Entendo o que quer dizer. É que eu apenas não tive tempo de pensar nisso e achei que, com todos aqueles pastores naquela área, devia haver algum tráfico de carneiros abatidos ilegalmente. O brigadeiro seria a pessoa certa a perguntar... ele ainda está aí?

– Sim. Vou falar com ele.

– Se não há nada mais... – o marechal disse ansiosamente. – Tenho que sair novamente... A irmã de Cipolla... Desculpe por não ser de mais ajuda.

– Isso mesmo – o brigadeiro disse distraidamente. – Carneiro... acho que posso sentir o cheiro de queimado...

– O senhor terá de deixar isso de lado. Quero que o senhor entre em contato com o prefeito e diga a ele que preciso que abram os escritórios do conselho municipal.

Então localize o vereador encarregado do projeto e peça desculpas por perturbar seu jantar, mas diga que precisaremos dele. E é melhor que o promotor substituto esteja comigo... diga a Bacci que ele pode levar meu carro para Florença, eu não preciso mesmo dele e o promotor pode me dar carona na volta... Certamente que ele não virá tão longe de táxi...

Ele teve de tentar os três números que o promotor lhe dera em pedaços de papel idênticos, em cada um dos quais estava escrito "depois das oito e meia" na parte de baixo em letras pequenas e caprichadas.

Os primeiros dois números eram de restaurantes. O terceiro não era.

– Vou imediatamente – ele desligou antes que o capitão pudesse perguntar se ele poderia ir.

Passava um pouquinho das dez da noite quando os três homens se reuniram na sala do conselho sobre a agência de correio e desenrolaram os projetos sobre a comprida mesa de carvalho. O jovem arquiteto, que trabalhava em meio expediente como vereador encarregado do planejamento da cidade, havia realmente interrompido seu jantar, aceitado um charuto e o acendido antes de o promotor começar a explicar. Ele tinha que falar por sobre o ruído da música de discoteca que vinha do Clube Comunista na casa ao lado.

– É aqui que a estrada para Taverna passa detrás da mansão... há uma trilha de cavalo que conduz de lá para os estábulos, esta linha pontilhada aqui. Esta aqui é a rodovia principal que dá para o que costumava ser uma estrada para Florença.

– Ainda dá para chegar a Florença por ela?

– Se o tempo estiver seco e a pessoa não se importar em cuidar bem do carro... ou talvez apenas se possa fazer isso de jipe, eu nunca tentei. A maioria das pessoas somente usa esta estrada para chegar à mansão em si e a duas fazendas que ficam depois. Está razoavelmente restaurada até aquele ponto, mas depois ela se bifurca e uma das saídas dá na estrada para Taverna outra vez e a outra vai para a cidade. Faz anos que ninguém toca nessa bifurcação.

– Prossiga.

– Estes são os estábulos, separados da casa. Esta metade e todo o piso superior devem ser convertidos em uma casinha para hóspedes. O resto do térreo deve ser uma garagem com vagas para dois carros. O celeiro de pedra bem aqui deve virar um estábulo para dois cavalos, um almoxarifado e, acima, um palheiro. Mais adiante há um muro alto que divide os estábulos atuais e o padoque do gramado e da mansão, com uma pequena porta de madeira. Parte do muro, como podem ver, deve ser derrubada para permitir que a entrada de carros passe pelas garagens. Não há mudanças estruturais na mansão propriamente dita, a não ser pelo muro entre ela e a parte do caseiro, que deve ser demolida para fazer uma cozinha maior. Há dois banheiros novos.

– O que é esta linha? – o promotor perguntou. – Um novo delimitador?

– Sim. É onde termina o terreno a ser vendido com a mansão, os jardins, o padoque e este prado. Quanto ao resto... Não sei o que ele pretende, mas é terra para agricultura e deve ser vendida ou alugada como tal.

– O senhor sabia quem era o provável proprietário ao discutir estes projetos? – o capitão perguntou.

– Não, eles foram enviados a Turim através do agente aqui no vilarejo. Conheço bem o agente e tenho certeza de que ele também não sabia.

– Ele teria lhe dito?

– É claro.

– Não havia nem rumores sobre quem poderia ser?

– No começo havia. Todos achavam que Pratesi era o comprador, pois fazia anos que ele falava em construir algo maior, criar seus próprios porcos e cultivar seu próprio alimento. Mas, quando o conteúdo do projeto começou a circular, os rumores morreram e as pessoas começaram a dizer que a família devia estar voltando.

– Será que Pratesi teria este dinheiro?

– Quem sabe? As estimativas do agente estão aqui se o senhor quiser ver.

– Terei de levá-las comigo.

– Ele trouxe prosperidade para a fábrica, não há dúvida quanto a isso. É material de alta qualidade e seu salame e salsichas de javali são conhecidos em toda a Toscana. Depois ele sempre tem uma coisinha ou outra correndo por fora... mais de uma, creio eu. O brigadeiro está sempre pronto para pegá-lo com a boca na botija. São inimigos mortais, esses dois. Sabe-se até que já discutiram na *piazza*.

– Mas Pratesi nunca lhe submeteu o projeto?

– Não. Mesmo assim, tenho certeza de que ele fala sério. Se a família voltar ele vai ficar furioso. Em primeiro lugar, sua terra fica junto à deles e, mais importante, é a única forma pela qual ele pode expandir esta área para incluir construções substanciais.

– O senhor teria lhe dado permissão para o projeto?

– Acho que sim. Ele é um sujeito bastante detestável, mas ele cria empregos. Com tanta gente indo embora desta terra, algo tem de segurar as pontas do vilarejo. Atualmente, a maioria das pessoas se muda para Florença a trabalho. Ele teria conseguido a permissão, sim.

– Ele tem muita ligação com o caseiro da mansão?

– Acho que o caseiro faz umas caçadas ilegais para ele, e eles costumam frequentar Florença à noite, acho que para jogar.

– Então isso é tudo de que precisamos saber.

Às onze e quinze eles trocaram apertos de mão na *piazza* com o arquiteto. À parte as lâmpadas davam um brilho amarelado às folhas, a única luz vinha das grandes janelas do Clube Comunista, cujos dois pisos estavam abarrotados, com a discoteca a todo pavor.

Depois de começar, o brigadeiro não parou para respirar por mais de meia hora.

– Mas eu ainda o pego – ele concluiu, sacudindo a mão ameaçadoramente para a janela. – E eu avisei a ele!

O capitão teve de interrompê-lo.

– O senhor sabe que ele está envolvido com o guarda da mansão? Isso significa que eles provavelmente estão nesta juntos e que se o garoto de Scano se arriscou a ir até a mansão é porque algo deve ter dado muito errado. Isso pode não ser trabalho de profissionais, mas o garoto de Scano não é nenhum amador. Provavelmente o que houve de errado foi a morte do filho de Piladu. Ainda está faltando uma peça neste quebra-cabeça, mas acho que vamos encontrá-la em Florença, não aqui. Em todo caso, não podemos esperar. Se algo deu errado, temos que tentar resgatar a garota enquanto ela ainda está viva, se é que está viva. Se Maxwell pagar o resgate, acho que não haverá muita esperança. Até o momento ele está sob controle, mas não quero lhe dar tempo de tentar agir sem minha orientação. – Ele disse isso sem olhar para o promotor substituto, apesar de que gostaria de ter visto sua reação.

– Mas não podemos ir para lá à noite! – o brigadeiro reclamou. – Seria um fiasco. O senhor sabe que eles dormem com os dois olhos abertos e um rifle debaixo do travesseiro; para não falar do fato de ainda ser a época em que os carneiros dão cria, de modo que a maioria deles vai passar a noite sem dormir! Não quero que meus rapazes levem tiros no escuro e os seus não conhecem o terreno.

– Irei até lá de dia – o capitão disse. – E tudo de que preciso é que o senhor vá comigo e leve um mandado de busca. Os rapazes do helicóptero cuidam do resto. O senhor sabe tão bem quanto eu que Rudolph é o único envolvido que tem casa lá em cima. Não há outro lugar onde a garota possa estar.

– Coitado do Rudolph – o promotor disse, observando os outros dois com curiosidade. – Imagino o que teriam lhe prometido em troca.

– Muito pouco, imagino eu – o capitão disse com irritação. – E nem isso ele ia conseguir, mas ele ia perder o direito de usar o pasto, o que para ele significa perder tudo.

– Ele ainda vai perder – o brigadeiro disse. – Ele ainda vai perder, o jovem idiota, e bem quando ele estava conseguindo se levantar. Às vezes fico pensando se eu não devia ser... sei lá. Acho que tenho que dar uma olhada na minha moto-patrulha.

No táxi que ficou esperando por eles a noite inteira na *piazza*, o capitão deu uma olhada para os lados, já exausto, e disse educadamente:

– Espero que não tenha lhe tirado de algo mais importante esta noite.

– Na verdade, tirou sim – o promotor respondeu gravemente –, mas pelo amor de Deus, não se preocupe com isso, o senhor já tem coisas demais com que se preocupar.

Era impossível ver no escuro se o que ele disse tinha a habitual centelha de ironia.

O capitão levou esse problema para a cama, além de todos os outros e de sua irritação.

10

Às dez e meia da manhã seguinte o capitão Maestrangelo estava à janela de seu escritório olhando concentradamente para a rua lá embaixo. Havia um pacote de aspirinas e meio copo de água na bandeja em sua mesa. Ele havia dormido mal e acordado mal e estava lutando contra o tipo de dor de cabeça que costumava ter depois que terminava um caso dos grandes. Era uma enxaqueca devastadora mas, por estranho que pareça, via de regra, ele não se incomodava. Ele sofria, até tratava a enxaqueca por uns dois dias e, quando ela passava, ele esquecia do caso junto com a dor. Mas se a dor veio agora...

Seu rosto estava pálido, e seus olhos, entreabertos contra a luz do sol. Entretanto, ele continuava lá, observando. Mal havia trânsito, apenas uns poucos carros estacionados e um bando de lambretas ao redor da porta do bar em frente. As pessoas estavam saindo da missa do Domingo de Ramos na igreja de Ognissanti, parando para bater papo com as famílias que iam para o último serviço e depois passando debaixo de sua janela com ramos de oliveiras. A maioria das pessoas parava no jornaleiro e no bar para comprar a edição de domingo do *Nazione* e uma bandeja de bolos enrolados em papel dourado e branco e fitas douradas onduladas.

Se ela não aparecesse até as doze horas eles teriam de partir de qualquer jeito. Ele ia levar um grupo dos seus próprios homens, além dos cachorros com seus treinadores até a base de helicópteros onde ele poderia pôr toda a equipe a par da situação junto com os pilotos. Não era uma operação fácil e o sincronismo era importante. Domingo era o dia no qual a maioria dos pastores montanheses fazia sua refeição do meio-dia em casa. Suas esposas e filhos se juntavam a eles nas noites de sábado e no domingo eles faziam a refeição juntos antes de os visitantes descerem a montanha em uma longa procissão.

Seria quando Rudolph, se quisesse evitar suspeitas, desceria com seu rebanho pela mansão.

O capitão pretendia atacar exatamente à uma e meia, quando haveria o mínimo de pessoas fora de casa. Ele tinha de sair de Florença no máximo ao meio-dia. Não havia sinal dela na rua, mas um táxi deveria aparecer a qualquer momento. Se eles tivessem entregado a ela o bilhete, exatamente como ele dissera... Mesmo assim ela podia ter resolvido não lhe responder, ou podia ter deixado para ver depois por acaso antes de saber do que se tratava.

Havia poucas pessoas ainda na rua. Passava um carro ou outro, mas nada de táxis. Então ele a viu. Ela estava vindo na calçada do outro lado da rua, olhando para os edifícios como quem procura sem tem certeza de estar na rua certa. Ela parou por um instante, olhando com preocupação para a entrada principal, e então atravessou a rua. O capitão pegou seu telefone antes que ele tivesse tempo de tocar.

– Traga-a.

Eram dez para as onze. Ele esperava que ela tivesse resolvido falar e não o fizesse perder seu precioso tempo persuadindo-a.

– *Signora* – ele abriu a porta para ela pessoalmente e dispensou o guarda com um gesto de cabeça.

– Meu marido não sabe que estou aqui.

– Por favor, sente-se.

– Não quero fazê-lo perder tempo. Eu contei a Debbie sobre a casa, só que John não sabia. O senhor não conhece meu marido, capitão... ele não é assim; ele é um homem impaciente e acostumado a fazer tudo ao seu modo, mas ele não é assim.

– Eu entendo.

– Sim... claro que o senhor entende. O senhor deve estar acostumado a ver as pessoas em situação de estresse... Eu contei a Debbie sobre a casa porque eles haviam brigado, ela e o pai, e eu fiquei com medo de ele mudar de ideia caso ela não tentasse fazer as pazes com ele. Eles são muito parecidos e ambos são muito teimosos. Debbie disse que não queria voltar aos Estados Unidos. Ela nunca disse por que, mas eu tive quase certeza de que ela estava fazendo isso para atingi-lo ou para chamar a atenção. Ela pode ter outras razões. Acho que meu marido lhe disse ao telefone que foi ideia minha comprar a casa aqui. Achei que assim poderia uni-los. Eu não tenho filhos e realmente achei que podia ser uma mãe para Debbie... Se eu lhe disser que esta foi uma das principais razões para eu me casar com John... Mas eu simplesmente não consegui alcançá-la. É terrível ver uma pessoa infeliz quando queremos ajudar essa pessoa e não podemos. Nós nos víamos tão pouco, e acho que era tarde demais. Ela já estava quase adulta e não havia motivo para ela me querer. Ela não me escolheu, eu já disse isso várias vezes a mim mesma. Achei que talvez eu estivesse apenas sendo egoísta, é tão difícil analisar as próprias emoções. Depois de algum tempo eu concluí que era melhor tentar ajudá-la a ficar melhor com o pai e agora, ao me meter entre os dois, posso ter causado seu sequestro. Se eu soubesse como esta questão da casa era importante... eu apenas entendi quando recebi seu bilhete. Ouvi a parte de John da conversa que ele teve com o senhor, mas ele não falou nada depois. Ele disse que queria ligar para o embaixador.

– Ele ligou? – o capitão perguntou rapidamente.

– Ligou. Mas, até onde sei, o embaixador não estava. Mas ele tem que ligar novamente esta manhã. Por isso eu pude sair sozinha. Eu disse que precisava de um pouco de ar puro, mas se eu não voltar logo... O senhor acha que vai encontrar Debbie?

– Eu vou encontrá-la.

– Quando eu penso nela... Ela jamais gostou do escuro. Fico pensando se ela está no escuro, não sei por que ela estaria. Eles não a manteriam no escuro, não é?

O capitão franziu o cenho e murmurou qualquer coisa suficientemente incompreensível para que ela entendesse como uma negativa.

– O senhor deve me achar uma grande tola, capitão.

– Considero-a uma boa mulher, *signora* Maxwell – ele disse, levantando-se.

– Com certeza não entendo por quê.

– Seria necessário meu subtenente – ele disse, chamando o guarda – para explicar.

Bacci não tinha certeza se fizera a coisa certa. Ele devia ter perguntado ao capitão, mas sob o olhar fixo do promotor ele não se sentiu apto a fazê-lo, e mais tarde não haveria tempo. Bem, em teoria ele estava fazendo o que devia fazer, já que esta era a parte do dia que sempre passava com Katrine, e lhe disseram para não mudar sua rotina. Teria sido diferente se as outras meninas estivessem no apartamento, mas ambas foram passar o fim de semana fora. Considerou que, mesmo que não conseguissem conversar por lá, o concerto matinal lhes faria algum bem, que ela jamais poria os pés para fora do apartamento por vontade própria desde o que acontecera, que em qualquer caso ele tinha a responsabilidade de agir como um pai para a irmã mais nova, e prometera ir ouvi-la. Então parecera melhor que fossem. Se eles tivessem ficado no apartamento...

A luz do sol estava entrando pela janela à direita, aquecendo um quadrado de assoalho vermelho escuro encerado e tornando o resto do recinto sombrio. Todos os assentos estavam cheios, e várias pessoas esperavam à porta. O público consistia basicamente de pais dos alunos do conservatório.

A pianista estava reclamando que o raio de sol estava batendo em seu rosto, impedindo-a de ler a música. Alguém arrumou uma vara comprida e fechou a persiana.

Bacci não acompanhou nem uma nota da sonata de primavera. A violinista era uma garota corpulenta e de pele morena da América do Sul, e ambas as garotas haviam se formado no conservatório de Florença no ano anterior, de acordo com o que estava escrito no programa...

A música fluiu ao redor dele, mas sem lhe acalmar os nervos. Eles não podiam, afinal de contas, ter ficado no apartamento. Ele até podia ver o alto da cabeça de sua mãe, bem em frente... Não havia razão para que o capitão jamais viesse a descobrir. Ele não perguntava o que eles faziam ou diziam todas as manhãs, deixou para Bacci reportar qualquer mínima informação que conseguisse extrair dela. Às vezes ela estava tão tensa em sua presença que ele não conseguia falar em absoluto. Se ele pudesse ter falado com ela em italiano teria sido diferente. Seu bom nível de inglês, que aprendera com a mãe que tivera uma governanta inglesa, e o qual ele somente utilizava com os amigos dela ou caso fosse necessário, agora não lhe servia de nada. A conversa entre eles se resumia a uma troca de informações básicas, sem que houvesse uma plena comunicação entre ambos.

Seu cabelo claro era tão comprido que tocava na mão dele quando se sentavam lado a lado. Ele distraidamente deixou seu programa perto dela, de modo a tocá-lo agora, e ficou olhando-a de canto de olho. Ela estava muito pálida. Ele não se lembrava de vê-la tão pálida desde que deixara o hospital. Ela não parecia estar concentrada na performance, pois seus olhos ficavam se movendo de um lado para o outro, apesar de estar estática em seu lugar.

Depois de um tempinho eles aplaudiram, e então sua irmã caminhou até a plataforma baixa que estava cercada por um mar raso de azaleias rosadas e brancas. Prendera os cabelos no alto da cabeça para parecer mais velha que seus dezesseis anos, mas mesmo assim ela ajeitou sua música e seus ombros com tamanha timidez que a maturidade de sua voz o chocou como de costume. Será que Katrine estava surpresa demais? Ela estava franzindo o cenho um pouquinho, como se tentasse se concentrar, e estava ainda mais pálida que antes.

– Você está bem? – ele sussurrou, aproximando-se.

– Estou... – ela pegou o programa da mão dele como se quisesse saber que música era aquela, mas seus olhos estavam fechados e ela inclinara a cabeça sobre o programa. Ele apontou para Pergolesi e ela levantou a cabeça novamente, olhando de um lado para o outro.

Se ela não estivesse mesmo com vontade de sair de casa, certamente teria dito, certo? Parecera bastante tranquila enquanto ambos caminhavam sob o sol pelo agitado quarteirão da catedral, onde estavam erigindo arquibancadas para o público que viria para as celebrações de Páscoa. Ele lhe explicara sobre a imitação de pomba que ia voar do altar mais alto durante a missa de Páscoa e acender uma série de fogos de artifício. Ele prometera levá-la para assistir. Se realmente não quisesse sair... O problema era que ela jamais diria, apenas desviaria o olhar murmurando vagamente "Você quem sabe..."

Era difícil saber se ela havia entendido tudo que tentara lhe explicar sobre ele estar envolvido em um caso do qual ela era a principal testemunha, sobre sua carreira e sobre como tinha de sustentar a mãe e a irmã.

– Temos de esperar.

– Não importa.

Para ele, importava. Às vezes o capitão pegava olhando-o fixamente, desejando pegar o caso sob suas instruções. Ele não podia resistir muito tempo, no mínimo por não ter dormido nada. Cedo ou tarde ele estaria exausto demais para pensar direito e desistiria da luta contra si mesmo. Será que ela diria a mesma coisa depois? – Não importa... – mas tinha de lidar com uma língua estrangeira também. Alguns dias eram melhores, ela se enroscava no sofá e falava sonhadoramente sobre a viagem que fariam juntos à Noruega. Mal parecia reparar quando ele lhe tocava os cabelos enquanto conversavam, mas se ele se mexesse ela logo dizia "Não vá embora" e levava a mão de volta à testa. Então ele se enchia de ternura.

Ela estava olhando para a plataforma outra vez. Não entendia o italiano arcaico da canção e ele tirou um lápis do bolso para rabiscar uma tradução do programa para ela.

"Se tu me amas, tu respiras
Somente por mim, doce e jovem pastor..."

A ironia, ele pensou, era perdida na tradução, mas prosseguiu mesmo assim. Estava desesperado para que ela aprendesse italiano. Como ele poderia fazer amor com a moça falando inglês? Ele teve de tocar-lhe o braço para fazê-la olhar para o programa.

"Mas se tu pensas que devo
 Retribuir-te teu amor..."

Ela estava com o olhar vago, ele sabia, mas terminou o verso.

"Jovem pastor, tu és fácil de enganar."

Ela olhara para as primeiras linhas, mas agora não estava lendo mais nada. Ele seguiu-lhe os olhos de lado a lado do recinto, onde havia grandes tapeçarias representando ninfas e pastores brincando nas paisagens cheias de árvores e córregos. Os verdes e dourados estavam todos desbotados e escurecidos, em um tom sombrio que ficava ainda mais desmazelado na presença de tantas flores frescas. A canção estava quase no fim.

"*Se tu m'ami, se tu sospiri*
Sol per me, gentil pastor..."

Ele se mexeu assim que viu o primeiro traço de suor surgir em seu rosto pálido, e quase foi tarde demais.

– Leve-me para fora.

As pessoas estavam aplaudindo enquanto ambos tropeçavam entre as fileiras de assentos e saíam para o jardim, onde ela se agarrou a um tronco de uma cerejeira em flor, dobrou-se sobre o braço dele e vomitou sobre um pequeno canteiro de narcisos.

Homens com casquetes na cabeça circulavam lá embaixo no pátio, suas vozes e passos ressoavam pelo edifício. Estavam prontos para ir embora. No escritório do capitão o promotor fechou sua pasta, e seu secretário lhe passou os mandados de busca e prisão para Rudolph, para o garoto de Scano e o caseiro.

– E os outros dois? – o promotor perguntou.

– Vou trazer Pratesi, mas não vou prendê-lo ainda. Não acho que ele nos dará muito trabalho assim que for confrontado com os outros. Ele não os conhece, é claro, a não ser o cabeça da operação, e nem eles o conhecem, mas surtirá efeito mesmo assim. Demontis, o cunhado tão desprezado, eu tinha esperanças de apanhar logo. O homem que o está vigiando seguiu-o tão de perto quanto possível até a montanha da primeira vez, mas não tinha como seguir em frente sem ser visto; o mesmo problema que tivemos com o garoto de Scano ontem. Desde então uma equipe está esperando por ele nos pontos mais altos de várias rotas. Assim que ele entrar na rota certa, poderá ser seguido até o lugar certo, onde ele deixa a comida e depois nossos homens observarão quem a recolhe. É um trabalho que requer tempo. Eles acabarão chegando lá, mas não podemos esperar. Talvez tenhamos algumas boas notícias esta manhã, já que ele costuma subir aos domingos... apesar de que esta semana ele fora duas vezes.

– O que significa...

– Significa que eles perderam um alimentador. É bem possível que fosse o filho de Piladu. Mas ainda não sei por que o garoto de Scano se arriscaria a aparecer na mansão a não ser se eles tivessem perdido um guarda também, o que realmente os colocaria em dificuldade. Tem de haver outro guarda além dele e de Rudolph, que está sempre lá mas tem de ordenhar e fazer queijo e quem...

Ele foi interrompido pelo telefone.

– Sim? Fale alto, sim? Tem muito barulho vindo de fora. Espere... – ele pegou uma caneta e começou a escrever rapidamente. – Tudo bem, não precisa me explicar exatamente onde, o brigadeiro me dirá... Não, não precisa fazer nada a não ser voltar e escrever seu relatório. Vamos para lá agora mesmo – ele guardou o bilhete no bolso.

– Pode me dar aquele mandado para Demontis. Estamos prontos para ir.

Mas o telefone tocou outra vez.

– O subtenente Bacci está subindo com a senhorita Nilsen. É urgente.

O capitão olhou para seu relógio de pulso.

– Tenho dez minutos...

– Quer que eu os receba?

– Pode ser algo de que eu precise saber. Vou recebê-los na sala ao lado, enquanto isso poderia preparar os outros mandados de busca e prisão que pedi?

– Claro – o promotor fez sinal para que seu secretário se sentasse outra vez.

– Se conseguirmos pegar todos ao mesmo tempo, nenhum deles escapará da justiça.

Quando viu o estado em que estava a garota, ele a conduziu a uma poltrona e pediu a seu secretário que lhe trouxesse algo para beber.

– Deve ser melhor um conhaque... e um copo de água.

– Ela insistiu em vir direto para cá – disse Bacci, que estava quase tão pálido quanto ela.

– Tenho de sair em dez minutos. Ela já falou com você?

– No táxi, a caminho daqui.

– Então me diga tudo resumidamente, e rápido. Se sabe quem era o contato, diga-me isso primeiro.

– Havia um grande número de possibilidades, mas uma em especial era mais provável.

– Como assim um grande número de possibilidades?

– A senhorita Maxwell era uma aluna exemplar e tinha comportamento perfeitamente normal na escola, a não ser talvez pelo fato de que de vez em quando ela sumia, geralmente por três dias, uma vez chegou a desaparecer por uma semana. Ninguém reparou muito porque todos os alunos eram estrangeiros e costumavam viajar para casa ou para fazer turismo. Muitos deles estudam outras coisas além de italiano e, portanto, acabam precisando de tempo para se preparar para as provas. Todavia, quando a srta. Maxwell desapareceu por uma semana sem dizer nada a Katrine, que era sua amiga mais próxima, ela foi ao apartamento algumas vezes, achando que talvez estivesse doente. Na terceira vez ela conseguiu que Debbie abrisse a porta, mesmo assim ela não a deixou entrar. Katrine teve de tentar mais três vezes para conseguir convencer a amiga a deixá-la entrar. Por duas vezes havia ao fundo um homem, mas não era o mesmo nas duas vezes, ela tem certeza. Era evidente que ela estava muito infeliz e dava um jeito de esconder seus sentimentos a maior parte do tempo.

– O que ela estava usando?

– Cocaína.

– Então é fácil saber para onde ia o dinheiro dela...

– Sim. Certo dia Katrine, encontrou a amiga em um estado de colapso físico e mental. Mas depois de dois dias ela estava de volta à escola e agindo como se nada tivesse acontecido.

– Onde ela conseguia a droga?

– No bar de sempre. Ele contou tudo a Katrine, mas ninguém mais sabia. Parece que ela se vestia do modo mais provocante possível quando ficava neste estado e se comportava como uma verdadeira estrangeira rica. Ela parecia estar fora de si e querer se degradar. Ela costumava sair com um dos homens. Depois ficava cheia de remorso e voltava a bancar a estudante certinha. Katrine queria ajudá-la. Por isso Debbie deixou-a retirar a ordem de pagamento umas duas vezes. Katrine cuidou do dinheiro por um mês, mas não deu certo. Debbie desapareceu mesmo assim e depois ligou pedindo o dinheiro. Katrine ficou com medo que algo acontecesse caso ela não pagasse.

– Ela chegou a acompanhá-la ao bar?

– Uma vez, quando não conseguiu dissuadi-la de ir. Essa foi uma das principais razões de ela estar com tanto medo. Sabia que alguns dos homens no bar eram pastores que vinham do interior e que tudo isso devia ter ligação com o sequestro. Ela não reconheceu nenhuma das pessoas e nem sequer vira seus rostos, mas somente de pensar que eles a conheciam já bastava.

Eles olharam para ela. Estava observando-os disfarçadamente pela borda do copo, olhando para o rosto de um e de outro, tentando acompanhar sua conversa demasiadamente rápida.

– Então foi por isso que ela passou a noite com a outra?

– Sim. O padrão era previsível. Sempre acontecia quando chegava a mesada. Os traficantes sabiam exatamente quando esperá-la e se ela não aparecesse eles ligavam para ela. Havia um homem em particular, como eu disse; ele parecia controlá-la.

– Ela sabe o nome dele?

– Não. Ela não sabe o nome de nenhum deles, mas ela se lembra de que ele tinha uma longa cicatriz na mão. Parecia recente.

– Quem lhe vendia a droga, esse mesmo homem?

– Ele estava controlando seu fornecimento, mas a droga vinha sempre de outra pessoa. Katrine nunca viu o traficante, mas eles se referiam a ele como "Baffetti". Acho que ele tinha bigode.

– Garau...

– O senhor o conhece?

– Bem até demais... Ele está preso por cortar a garganta de um homem. Imagino se... Espere um instante.

Ele fez uma rápida ligação para o hospital que ficava logo ao lado. Quando conseguiu falar com a enfermeira da ala que ele procurava, ela disse:

– Posso dizer sem ter de olhar. A cicatriz vai até o cotovelo e ele a arrumou em uma briga, que nem a grande cicatriz que terá para sempre no pescoço.

– Então ele vai ficar bom?

– Por pura sorte.

Garau também tivera sorte de ser acusado de lesão corporal grave e não de assassinato. Talvez o homem da cicatriz tivesse desconfiado de alguma coisa e quisesse reduzir o resgate. Deve ter sido ele quem ligou para o apartamento. O capitão sequer sabia seu nome, pois a briga acontecera em outra parte da cidade e ele somente ficou sabendo pelos jornais. Agora Garau seria acusado de sequestro. O capitão tinha razão quanto a eles terem perdido um guarda e um alimentador. Garau era a conexão perdida que vendia drogas tanto para Debbie Maxwell quanto para os pastores. E então ele colocou em risco toda a empreitada ao se intrometer. Foi por isso que o garoto de Scano se arriscara a voltar ao cativeiro e ao cabeça da operação. Será que eles arrumaram outro guarda? Alguém devia estar lá em cima para tomar conta quando Rudolph descia...

– A mesada da garota certamente acabara de chegar quando tudo isso aconteceu – disse o capitão. – Alguém tentou ligar para ela no apartamento. Nós quase não achamos dinheiro nenhum. Onde está?

– Está na conta de Katrine – sempre que ouvia seu nome, a garota olhava para eles mais ansiosa que nunca, como se quisesse falar, pedir desculpas, mas estava exausta demais. – A ordem havia chegado no dia anterior. Desta vez, porém, Debbie estava determinada a combater o problema. Não havia espaço para ela ficar com as outras três garotas no apartamento, de modo que decidiram que Katrine ficaria na Piazza Pitti com Debbie. Elas desligaram o telefone e passaram boa parte da noite no cinema. Ambas estavam com medo antes mesmo de tudo acontecer.

– Ela disse alguma coisa mais sobre as mensagens para o senhor Maxwell?

– Disse que ela deveria dar-lhe a carta uma semana depois de sua chegada. Eles sabiam que ele ficaria no *Excelsior*.

– Ela sabia que Maxwell estava comprando uma casa aqui?

– Não sei. Ela não disse nada.

– Deixe isso por enquanto... – o capitão foi até a garota e perguntou-lhe delicadamente em inglês – Está se sentindo melhor?

Ela não respondeu sua pergunta, mas disse:

– O pai dela é tão rico. Achei que ele ia simplesmente pagar e depois levá-la para casa. Seria o único jeito de acabar com isso... Acho até que isso iría ajudá-la.

– Talvez ajude – o capitão estava pensando no bilhete que ela havia escrito.

– Eles podiam ter me matado, não podiam? Eles podiam ter me matado, era isso que eu não conseguia parar de pensar. Acho que não pensei em mais nada desde que aconteceu. Acredito que eles também estavam com muito medo de mim.

– Não se preocupe. Vai terminar em breve.

– O senhor vai encontrar Debbie?

– Vou.

– Quero ligar para meu pai. Quero voltar para minha casa na Noruega.

Ele mandou que a levassem de volta para seu apartamento acompanhada por um guarda. Como já haviam lhe tomado o depoimento, não havia razão pela qual ela não pudesse voltar para a Noruega, não precisaria esperar pelo julgamento. Isso levaria tranquilamente mais de um ano.

Ela saiu do quarto sem olhar para trás.

– Bacci, venha comigo. Você fez um bom trabalho, agora vamos vê-lo em ação.

– Maestrangelo! – eles estavam no corredor e o promotor substituto estava vindo em direção a eles, mas o capitão vira de relance a silhueta que desceu as escadas mais à frente. Era o prefeito, o que só podia significar uma coisa. Em tese ele estivera preparado para isso o tempo todo, só não sabia que isso aconteceria agora, logo agora...

– Maestrangelo – o promotor substituto os alcançou. Ele estava com sua pasta em uma das mãos, um charuto e uma folha de papel na outra. – O prefeito recebeu uma ligação do ministro. O embaixador americano entrou em contato com ele.

– Entendo.

– Eles querem que a investigação seja suspensa por vinte e quatro horas. O senhor sabe melhor do que eu o que isso significa.

– Significa que ele já está com o dinheiro do resgate, que provavelmente já estava a caminho para a compra da casa. E, se eles somente querem vinte e quatro horas, então é porquê já combinaram de entregar o dinheiro. Eles disseram isso?

– Não. Eles não disseram nada.

– Se eles pagarem, ela será morta. De acordo com o que a menina Nilsen acaba de me dizer, Garau é a conexão que faltava, e com ele na prisão os outros estão acuados demais. Se ela for solta e contar a história de "Baffetti" vender cocaína... Também tem o namorado com uma cicatriz no pescoço. Ele ainda está no hospital com a garganta cortada, mas pode falar e deve saber de alguma coisa. O trabalho foi tão mal feito... é mal feito, é amador e é pessoal. Se eu não a pegar antes de lhes pagarem, nem será preciso procurar mais por ela.

– O senhor não conseguiu convencer Maxwell?

– Somente consegui convencer a esposa, cuja preocupação é salvar a enteada. Maxwell acha que pode resolver sozinho, pagar e ir embora com a filha ao invés de guardar seu dinheiro e ver o caso ir a julgamento, e deixar que seus negócios sejam minuciosamente examinados – isso pode lhe custar mais do que o resgate. Se ele não acredita em mim é porque não quer acreditar, e se eu conseguir salvar a vida de sua filha será a despeito da ajuda desse homem.

Não havia mais nada que o capitão pudesse dizer. Se ele não pudesse agir já, a morte da garota não seria sua responsabilidade, e a frustração era algo com que ele já aprendera a conviver. Mas sua dor de cabeça estava pior e faltavam sete minutos para o meio-dia. Ele tinha tudo de que precisava para prender a gangue inteira. O barulho no pátio estava aumentando à medida que os homens começaram a imaginar por que eles não estavam saindo. Ele olhou para o promotor, que segurou o charuto entre os dentes e lhe entregou o pedaço de papel dizendo:

– Obrigado. Tenho algo importante a dizer a eles. Causem uma boa impressão! Este é o mandado para os irmãos Demontis. O senhor me liga quando voltar? Espere... neste número. Já estou atrasado e o senhor também; oito minutos de atraso. Boa sorte.

11

Somente sobrevoando para ver que o que todos chamavam de "a montanha" e o que de baixo parecia uma súbita erupção pétrea em meio aos morros uniformemente acidentados da Toscana, era na verdade um platô, um longo braço que se estendia a oeste dos Apeninos, desconectado da espinha dorsal das montanhas pelo vale do rio Arno. A maior parte do platô, com exceção da cadeia montanhosa mais alta e de alguns tufos de pasto espalhados sobre as rochas, estava coberto por longos trechos de bosques densos e soturnos. Bacci baixou os olhos em direção às sombras gigantes que passavam à medida que o vento empurrava as nuvens enormes pelo céu. Estava frio no helicóptero e a montanha lá embaixo parecia tão lúgubre e hostil como sempre, o que não independia do tempo. O brigadeiro estava conversando com o capitão, gesticulando com suas mãos como que para dar um ritmo ao que dizia.

Bacci falou apenas uma vez durante a viagem. Ele perguntou ao capitão:

– Por que eles soltaram Katrine?

Rudolph teria voltado atrás se eles a matassem. Eles precisavam dele como bode expiatório. Agora ele não pode mais voltar atrás, é tarde demais, façam o que fizerem.

O capitão explicou com paciência, mas seu rosto estava pálido e transmitia irritação. Quem sabe ele estivesse pensando alguma coisa, mas se estivesse, não diria nada antes de o caso terminar. Para Bacci já estava quase terminado. Ela fora embora sem sequer se despedir, sem ao menos olhar para ele. O piloto estava falando ao rádio e olhando em direção ao outro helicóptero até ele sair do campo de visão. Os pilotos pareciam preocupados com o tempo, fosse porque estava muito instável, ou talvez por causa do vento, ele não sabia bem. Ele ouviu um deles dizer:

– Esta nuvem virá para cima de nós se o vento baixar.

– A esta altura já estaremos longe...

Eles não iam pousar. Não era possível. Subitamente eles viraram e estavam fazendo um enorme círculo para retornar. O capitão e o brigadeiro olhavam para baixo atentamente para uma mancha branca que descia a parte baixa da montanha com movimentos lentos. Bacci olhou para baixo sem entender o que lhes causava tanta surpresa. Um pastor descendo com seu carneiro.

– Espere – o brigadeiro disse. – Desça mais... Eu bem que pensei. Não é Rudolph, é seu irmão mais novo. Mas por quê...?

— Talvez estejam com falta de guardas — o capitão disse. — Talvez Rudolph tenha sido forçado a ficar lá em cima. Não sei de que outra maneira eles lidariam com a situação.

— Tampouco este rapazinho poderia dar conta... ordenhar e fazer queijo sozinho... Algo está errado.

— Que bom que ele não está no caminho. Não queremos machucar ninguém desnecessariamente.

— É verdade... — mas o brigadeiro continuou murmurando consigo mesmo enquanto eles viraram e retomaram o caminho. O piloto estava falando ao rádio. Bacci estava achando cada vez mais e mais difícil se concentrar no que acontecia ao seu redor, provavelmente por causa da falta de sono. Era como se ele estivesse observando tudo através de uma grossa divisória de vidro, as vozes deles pareciam tão distantes. Ela fora embora sem sequer olhar para ele, como se nada...

Ele viu uma pequena trilha abaixo, e então eles estavam sobrevoando um punhado disperso de casas cinzentas com decrépitos telhados vermelhos e cercadas por paredes baixas semidemolidas e cobertas de mato. Havia utensílios de fazenda enferrujados aqui e ali. Algumas das casas estavam parcialmente destruídas por bombas ou pelo fogo, mas saía fumaça lentamente das chaminés de todas que tinham algum tipo de cobertura. Os carneiros ficavam entre os escombros e o mato, agrupados para se proteger do vento frio. O brigadeiro, que estava falando até então sobre guerrilheiros, começou a apontar e direcionar o piloto, que transmitiu os dados para os helicópteros que estavam atrás. Sobrevoaram uma fazenda isolada cuja chaminé não saía fumaça, então subiram e fizeram uma curva tão fechada que chegou a dar enjoo. Um por um, os outros helicópteros foram mergulhando e diminuindo a velocidade perto da casa, liberando os homens em roupas militares e os cachorros farejadores, zunindo então para longe para repetir a mesma curva fechada. O capitão estava falando ao rádio mesmo com todo o ruído das hélices e os oficiais abaixo haviam cercado a casa e entrado. Então começaram a sair novamente, espalhando-se em um halo crescente e olhando para cima. As silhuetas e a paisagem começaram a girar lentamente e a se aproximar enquanto o capitão disse:

– Estamos descendo.

Tudo que Bacci conseguia pensar era que ele não queria sair naquela montanha fria na qual o vento era tão forte e ver aquela cena toda se tornar real. Mas eles já estavam em pleno movimento e ele já estava agarrado a uma escada de cordas que balançava acima do solo pedregoso enquanto o vento lhe açoitava a cabeça. Ele cambaleou para o lado ao sentir o impacto do solo duro e rochoso sob os pés e respirou fundo o ar gelado, tentando voltar a si. O capitão o ultrapassou e correu em direção à casa dilapidada onde a única porta aberta batia sem parar ao vento, soltando pequenas lascas de tinta.

A sala não tinha janela. Devia ter servido de abrigo para animais. Era tão escuro lá dentro que Bacci não conseguiu ver nada de início, mas estava ciente de que a sala estava cheia de pessoas falando baixinho, além do bafo quente dos cães muito excitados. Apenas gradualmente os olhos dos cachorros ficaram visíveis, e depois os rostos pálidos dos homens. Por fim, ele enxergou a figura mais escura do capitão no canto mais distante da sala. Bacci abriu caminho por entre os outros para se juntar ao capitão, que olhava para um colchão ensopado de sangue e uma grossa corrente presa ao estrado da cama.

Ao virar-se, o capitão pareceu olhar diretamente para seu subtenente. Seus olhos estavam mais apertados e seu rosto parecia mais tenso do que Bacci jamais se lembrava ter visto.

– Brigadeiro – o capitão disse, e o brigadeiro apareceu no escuro, um pouquinho ofegante. O capitão virou-se de volta para a cama e eles então olharam para ela juntos.

– Santo Deus...

– Deixe esta porta aberta! – o capitão ordenou sem olhar ao redor. – Precisamos de luz!

– Ninguém poderia sobreviver a isto – o brigadeiro disse. – Ninguém... Está em toda parte. Veja, até na parede. Rudolph não seria capaz de ter feito isto. É claro que havia alguém com ele, como o senhor disse... é claro que sim. Porque ele não seria capaz de fazer isto. Santo Deus... O que faremos agora?

O capitão tirara um pequeno galho de perto da lareira improvisada e apagada e puxou algo do meio da sujeira. Podia ser mato ou plantas pequenas. Era impossível dizer. Ele deixou cair cuidadosamente. Havia um travesseiro achatado e cinzento sobre a cama. Estava retorcido e a maior parte dele estava pegajosamente coberta por sangue escuro. Havia um caderno ensopado debaixo dele. Ele tentou abrir as páginas com o galho, mas estavam coladas. Era um trabalho para técnicos. Ele se aprumou e recuou. Sinalizando para que o brigadeiro e Bacci abrissem caminho, ele disse:

– Deixem os cães saírem.

– Acha que existe alguma chance de acharmos o corpo? – perguntou um dos adestradores enquanto os cachorros farejavam ao redor da cama, gemendo baixinho.

– Existe uma possibilidade. Eles estão suficientemente em pânico, a ponto de terem errado neste sentido também.

– O senhor vai encontrá-la?

– Vou encontrá-la...

O capitão começou a andar na sala de um lado para o outro, como se sentindo o próprio prisioneiro ali dentro.

– Não se mexam! Nenhum de vocês!

A cena era quase idêntica em todas as casas; a penumbra enfumaçada ao entrarem, o brilho vermelho-escuro de uma lareira onde um bastão gasto de alecrim jazia em uma bandeja com gordura líquida de cordeiro. Ao redor da mesa, seis ou sete pares de olhos brilhando no escuro ao ver os homens entrarem, um deles de guarda com uma metralhadora automática enquanto os outros procuravam. Um quarto de queijos, o melhor e mais arejado com uma janela, acima um grande e abafado quarto de dormir apenas com uma cama estreita e alguns cobertores velhos, depois desciam novamente para a sala escura onde havia pão e cordeiro assado parcialmente comido na mesa coberta por uma toalha de plástico, e suas perguntas se deparavam com um silêncio quase palpável. Uma casa estava vazia, a lareira com uma pilha de cinzas frias e livros carbonizados. Sobre a mesa havia um queijo redondo e amarelo, um cantil sujo de vinho, metade de um presunto cru e alguns pedaços de pão preto não fermentado. Não havia pastor à vista quando eles se aproximaram da casa, mas ele apareceu enquanto eles a estavam vasculhando e ficou parado, apoiando o queixo no cajado com olhos indiferentes, como se ele não tivesse nada a ver com aquilo. Ainda os observando, ele pegou um pouco de comida da mesa, parou e comeu um pouco, pôs o resto nos bolsos e saiu caminhando lentamente.

Em outra casa uma mulher enormemente gorda com um longo rabo de cavalo havia acabado de pôr vários bolinhos de Domingo de Ramos na mesa.

Foi o grupo que saiu de lá que viu os cães correndo e fuçando nos arbustos próximos a uma cavidade rochosa.

Dentro da casa de Rudolph o capitão ainda estava andando de um lado para o outro enquanto Bacci e o brigadeiro o observavam em silêncio.

– Ele não pode ter efetuado o pagamento. Faz apenas uma hora desde que eles pediram a pausa de vinte e quatro horas. Uma hora atrás! Não acredito que ele tenha feito o pagamento! Por que fariam isto? Por quê? Ninguém sabia que estávamos vindo aqui. Ninguém.

Os outros ficaram parados, olhando para ele. A sala tinha duas cadeiras, uma era de fórmica e metal esburacado pela ferrugem, a outra de madeira e palha. Nem havia mesa de verdade, somente uma porta velha apoiada sobre uma manjedoura. Sobre ela havia meio cantil de vinho com cascas de queijo e lascas de pão fresco trazido da cidade.

Dois homens com cães apareceram na entrada. O capitão parou de andar e pergunto:

– E então?

– Nós não a encontramos ainda, mas encontramos algo...

Ele não parou para perguntar o que haviam encontrado. Dois homens usando grossas luvas nas mãos levantaram o mato para o capitão passar. O corpo estava com o rosto virado para a frente e havia várias marcas de punhaladas nas costas.

– Sabe quem é ele, senhor?

– Sei – o capitão olhou para as botas de cano alto entrelaçadas e a roupa de sarja verde-oliva. – Não o conheço, mas sei quem ele é. Vire-o, sim?

Um dos rapazes do brigadeiro que estava no grupo dos que saíram da casa mais próxima se aproximou para olhar e exclamou:

– Mas este é o caseiro da mansão!

– Sim.

– Quem teria feito isto aos olhos dele?

Um olho fora arrancado de sua órbita.

O rapaz, um jovem do vilarejo do Serviço Nacional, recuou, a cor subitamente lhe fugindo do rosto. Ele correu para trás do mato com a mão no estômago.

O capitão escalou pela lateral da cavidade rochosa, voltou para a casa de Rudolph, sentou-se em uma das cadeiras e ficou olhando para as cinzas frias no escuro. Os outros dois, que estavam conversando em voz baixa quando ele entrou, fizeram silêncio. A porta voltou a abrir e fechar, batendo barulhentamente ao vento. Bacci achou que podia fechá-la, mas o capitão ordenara que fosse deixada aberta, então ele não se mexeu. Finalmente o capitão encontrou algo para mantê-la aberta. Dentro da casa estava mais frio do que fora, onde ao menos o sol estava bem forte quando aparecia.

O capitão estava tão tenso em sua cadeira que sua cabeça e suas costas zuniam de dor. O zumbido dos helicópteros que circulavam lhe dava nos nervos. Ele estava perdendo combustível e tempo. Não se pode surpreender uma montanha. Ele mesmo dissera isso. Mas não estava conseguindo descer. Quando os helicópteros estavam mais longe foi possível ouvir o gemido do vento ao redor dos arborizados declives montanha abaixo, e os adestradores dando ordens aos cães em alemão. Parecia que, quanto mais tenso ficava seu corpo, mais sua mente vagava. Ele havia feito tudo de acordo com as regras, moveu-se cuidadosa e lentamente, avaliou cada possibilidade, mas o chão se abrira sob seus pés. A esta altura o promotor substituto já devia ter falado com o prefeito e com o ministro, convencendo-os das razões de Maestrangelo, de sua experiência, de sua comprovada eficiência. O que ele ia dizer agora? Era irônico; justo quando ele tinha um promotor que o apoiava... e ele não tinha a menor ideia de como ou por que isto acontecera. Com certeza era ridículo. Anos de experiência não servem para nada em um caso desse tipo simplesmente quando não se tem sorte. Mas, mesmo assim, as possibilidades não variavam. As coisas que deram errado foram aquelas que já se sabe que vão dar errado. Se Maxwell não tivesse pago...

Guarnaccia dissera:

– Não posso lhe ajudar. Não conheço essas pessoas. – como se fosse possível conhecer todas as pessoas envolvidas em todos os casos com os quais se trabalha. É verdade que, se ele soubesse mais sobre eles além de suas fichas criminais, poderia ter sido capaz de descobrir por que eles tinham entrado em pânico e fugido, o que devia ter acontecido, o que eles poderiam ter escutado. – Pergunte ao brigadeiro... – o brigadeiro ao menos conhecia essas pessoas, e seus homens também conheciam...

– "Este é o caseiro da mansão!"

– "Quem teria sido capaz de fazer isto aos olhos dele?"

Um recruta do Serviço Nacional. Um garoto de dezoito ou dezenove anos que provavelmente nem sabia fazer espaguete e que saíra correndo para vomitar depois de ver um cadáver pela primeira vez.

– Quem teria sido capaz de fazer isto aos olhos dele?

Praticamente uma criança. E sua perplexidade era genuína. Ele não sabia.

O capitão soltou um longo suspiro.

– Brigadeiro?

Não havia ninguém lá. Ele os encontrou do lado de fora, o brigadeiro explanando calma, mas insistentemente; Bacci com os olhos vagando pelo lúgubre céu cheio de nuvens.

– Brigadeiro? Onde eles poderiam se esconder que não não fosse longe demais?

– Lugar nenhum, exceto as casas de outros pastores.

– Algum lugar vazio.

– Qualquer coisa aqui em cima que tenha teto está desabitada... quantos deles o senhor acha que há?

– Dois. E os quero vivos. Nada de tiros, sob nenhuma circunstância. Agora me diga onde eles poderiam se esconder. Eles ainda estão aqui em cima, brigadeiro, e acredito que não tenham ido muito longe. Estão se escondendo de todo mundo, não apenas de nós. Estão se escondendo do resto da gangue, dos outros pastores da montanha, de todo mundo. Eles estão temendo por suas vidas e estão se escondendo sem planejamento, sem estratégia, em qualquer buraco que tenham encontrado, como animais. Mas eles têm de ter encontrado algum abrigo, pois não dá para sobreviver aqui em cima sem proteção, e somente o senhor conhece esta montanha bem o suficiente para me dizer onde eles foram encontrar um esconderijo. Agora me diga!

– Eu não sei... Tem La Selletta, que é o próximo vilarejo, ou costumava ser, mas é uma boa caminhada daqui naquela direção, pelo menos duas horas, e o vilarejo foi totalmente bombardeado, a não ser pela igreja.

– A igreja ainda tem teto?

– A igreja, não, mas a sacristia... e depois tem uma espécie de cripta. Uma família se aguentou por lá durante quatro semanas no fim da guerra com uma banheira cheia de água e alguns...

O capitão havia se voltado para o rádio e já estava falando com um dos pilotos de helicóptero, dizendo-lhe que deviam aterrissar no vale e se preparar para pegar todo mundo em La Selletta dentro de aproximadamente duas horas. Eles iriam a pé. Não se pode surpreender uma montanha, mas se pode surpreender dois fugitivos assustados.

Os adestradores reuniram seus cães.

– Não quer que procuremos o corpo da menina?

– Preciso de vocês comigo.

A caminhada foi longa e árdua. Eles tiveram que lutar contra o vento, que lhes tirava o fôlego. Ninguém falou, a não ser o brigadeiro, que achava que devia ficar recontando, ofegante, histórias de guerra para estimular Bacci, que parecia exausto e deprimido.

– Uma banheira cheia de água e um saco de legumes passados. Era para ser um milagre; houve época em que as pessoas costumavam subir aqui; mas meu pai, que morou aqui em cima até começarem os bombardeios, disse que eles tinham um presunto escondido e que não contaram a ninguém... Siga reto até a cadeia montanhosa; daqui a um minuto estarei com você.

E ele voltava para ver como estava o rapaz que vomitara. Após cerca de uma hora o vento parou, somente retornando em rajadas ocasionais borrifando gotas de chuva. Quando eles se aproximaram da cadeia montanhosa, viram que ela se elevava do outro lado de um vale. Abaixo deles havia os escombros de uma igreja, cuja nave estava sem teto. O que um dia fora um quarteirão pavimentado agora estava coberto de mofo. O capitão estava falando ao rádio.

– Esta nuvem está descendo.

Ela estava se afastando deles, descendo pela lateral da montanha.

– Estamos vendo.

– Ainda poderá nos apanhar?

– Faremos o possível. Ainda falta muito?

Ele olhou para o brigadeiro pedindo uma resposta.

– Estamos aqui.

– Poucos minutos – o capitão disse, e desligou.

Havia um pequeno aglomerado de construções conectada à parede da igreja, atrás do altar de pedras expostas que apresentava restos de mosaicos azuis-claros grudados aqui e ali. Um filete de fumaça de lareira subia se enroscando aleatoriamente.

Os homens seguiram em silêncio, os adestradores formaram grupos para abrir caminho. Mandaram Bacci ir bem para a beira perto do vale, onde ele se agachou detrás de um enorme penedo e tentou manter os pés firmes no solo erodido. À sua esquerda a montanha caía quase verticalmente até alcançar outro vale a cerca de algumas centenas de metros para baixo. O teto da construção enferrujado e torto sobressaía precipício abaixo. No fundo havia ruínas de casas destelhadas. Os habitantes de La Selletta haviam construído sua igreja na parte mais elevada do terreno plano.

Bacci deu uma olhada nos homens vestidos de verde que se esgueiravam silenciosamente ao redor do outro lado da igreja. Era bem difícil distingui-los em meio à penumbra do entardecer. Então ele olhou para o aglomerado de construções atrás da igreja e viu uma luz que cintilou e se apagou. Havia uma janela em uma das paredes protuberantes, uma pequena janela marcada com faixas transversais. Concentrando nela seu olhar, ele conseguiu perceber que a luz vinha de uma lareira e viu que ela desapareceu quando alguém passou em frente. Havia duas pessoas no recinto, apesar de que ele somente estava vendo as cabeças e a parte superior dos corpos. Uma silhueta permanecia imóvel, envolta em algo escuro. A outra se movimentava agitadamente pelo recinto, às vezes bloqueando a fraca luz vermelha do fogo. Então elas se juntaram e o tecido escuro descobriu a silhueta estática.

Após o primeiro choque de ver a carne nua da garota, Bacci tentou desviar os olhos e entrar em contato com o capitão para dar um jeito de impedir o ataque. Mas ele não estava com nenhum rádio e não ousava se mexer. Nuvens úmidas moviam-se lentamente ao seu redor, cercando-o e tornando tudo irreal naquele denso silêncio. Não havia mais ninguém à vista a não ser as silhuetas naquele quarto levemente iluminado, e eles deviam estar a quilômetros de distância, estavam tremendamente isolados. Ele viu quando eles se deitaram, agarrando-se um ao outro mais como crianças assustadas do que como amantes. Seus nervos estavam dolorosamente tensos pela dor de querer interromper tudo antes que terminasse, mas do canto do olho ele captou um movimento furtivo. Os homens de verde estavam rastejando para fora da névoa e se tornando visíveis em um círculo ao redor da igreja.

– Não... – Bacci sussurrou, na beira do penedo. – Não...

O capitão tinha de saber ou ao menos suspeitar da garota... mas ele não podia saber o que estava acontecendo lá dentro. Ninguém mais sabia. Ninguém mais conseguia ver porque havia apenas uma janela. O círculo estava se fechando. Não havia nenhum som. As duas silhuetas estavam se movendo desesperadamente como se soubessem que lhes restava pouco tempo. Um dos homens de verde levantou o braço.

– Não...! – Bacci sussurrou e tentou fazer um sinal. Ele pisou em falso no despenhadeiro e agarrou-se a uma pedra e tentou se equilibrar. Um grande pedaço de rocha se deslocou e esbarrou no telhado de metal abaixo fazendo um barulho de pancada que ecoou por toda a montanha antes de ricochetear nuvem adentro.

Rudolph, seminu e com um rifle na mão, atirou pela nave descoberta e pulou algumas vigas que estavam no chão.

– Pare de atirar! – a ordem veio de algum lugar em meio à névoa. Rudolph se jogou contra os homens e desapareceu em meio à nuvem cinzenta.

– Soltem os cachorros!

Eles o algemaram em questão de minutos.

Bacci ainda estava detrás do penedo, os olhos fixos na silhueta branca agachada no recinto iluminado pelo fogo. Ele viu os homens entrando e viu que ela não se mexeu, deixando que eles a cobrissem e a levantassem.

Ele não a viu novamente porque ela ficou cercada por outras pessoas depois disso, mas por sobre o barulho dos rádios e dos helicópteros que circulavam tentando achá-los ele a ouviu gritar repetidamente para que eles soltassem Rudolph.

12

O capitão estava lendo tranquilamente em seu escritório. Era manhã de Domingo de Páscoa, e à parte, os dois homens na sala de comunicações onde estavam conversando com os policiais dos carros-patrulha, o edifício estava quase vazio.

Depois de uma incomum tempestade de granizo dois dias atrás, o tempo finalmente se aquietou e o sol brilhou num tranquilo céu azul. O capitão desabotoou seu casaco e terminou de ler o relatório da autópsia. Caldini, o caseiro, morrera em decorrência das facadas, mas o estrago no olho ocorrera antes disso. Ele pôs o relatório de lado e pegou o depoimento de Rudolph.

Resposta às perguntas:
Eu não conheço Giuseppe PATRESI. Sei que ele tem uma fábrica de salsichas perto de Pontino, mas jamais o vi. Até onde sei, ele não tem nada a ver com este sequestro.

R.P.: em janeiro deste ano, não sei a data exata, Mario CALDINI, caseiro da mansão, veio me procurar na montanha para dizer que a mansão estava sendo vendida. Conheço CALDINI porque costumo pastorear nos padoques da mansão no verão e usar os estábulos de lá, e porque ele caça na montanha aos domingos e vem comer na minha casa. Quando eu preciso de dinheiro ele me compra um cordeiro. CALDINI me disse que o novo dono da mansão pretendia expulsar a nós dois, pois ele ia construir uma piscina no campo onde eu costumo plantar e que eu não poderia fazer nada, já que não tinha contrato. No domingo seguinte, CALDINI trouxe um homem chamado Pasqualino GARAU. Ele disse que GARAU conhecia a filha do homem que ia comprar a mansão e que eram americanos. Ele disse que GARAU sabia organizar um sequestro, mas que o risco era enorme porque ele era conhecido pela polícia. CALDINI disse que podíamos salvar meu pastoreio de verão e sua casa simulando um sequestro. GARAU me disse que a garota poderia ser facilmente escondida em minha casa porque ela fica na montanha e porque eu não tenho ficha na polícia e que não poderíamos ser processados se não pedíssemos resgate. Queríamos assustar o homem para que ele não comprasse a mansão.

R.P.: Não conheço mais ninguém que quisesse comprar a mansão.

R.P.: Até onde sei, não foi pedido resgate.

R.P.: Desci a montanha no dia em que nevou. Bastianino SCANO, levou-me até Florença de caminhão. Não sei de quem era o caminhão. Fomos pela estrada secundária. Esta é a estrada velha de Pontino que passa pela mansão. Ninguém nos viu. SCANO me deixou na Piazza Pitti e voltou para me esperar no estábulo que eu costumo usar na mansão. Entrei no quintal e me escondi no carro. Não estava trancado. GARAU observara a garota por quase um mês. Ele me disse o que fazer.

R.P.: Bastianino SCANO, estava vestido normalmente quando eu o deixei.

R.P.: Não sei quem subia a montanha para levar comida. Eu a pegava no mesmo lugar duas vezes por semana. Sempre havia outro guarda comigo na casa, às vezes era GARAU e às vezes era Bastianino SCANO. O caseiro apareceu duas vezes para caçar.

O capitão parou e olhou pela janela. Ao perceber como a gangue o fizera de bobo, Rudolph se recusou a falar. A segunda interrogação fora perda de tempo, e no dia seguinte eles foram forçados a desistir e pegar seu depoimento.

R.P.: Eu saí de casa e levei a garota para La Selletta no Domingo de Ramos. Não sei que dia era. Não havia mais ninguém na casa quando saímos. Depois o *carabiniere* me prendeu em La Selletta.

Isso era tudo. Ele não ia falar com o advogado que lhe arrumaram. Suas mãos tremiam quando lhe algemaram com os braços para trás para levá-lo. Chorou uma vez, batendo com a cabeça nos joelhos. Chamou pela mãe uma vez quando eles tentaram forçá-lo a falar para seu próprio bem.

Ele tinha dezenove anos, a mesma idade que o garoto que vomitara no mato ao ver o homem morto com o olho pendurado para fora; a mesma idade de Deborah Maxwell.

O capitão tentara conversar com Maxwell, explicar-lhe sobre a Síndrome de Estocolmo[1], foi preciso tempo e paciência para ajudá-lo a entender a ligação entre captor e capturado, e que um depoimento cheio de mentiras e contradições para proteger os sequestradores não era incomum. Depois de duas horas ele desistiu, tendo pelo menos o dissuadido do processo por estupro, que faria muito mais mal à própria filha dele do que a Rudolph.

A senhora Maxwell voltara para falar com ele.

– Quero entender, ajudá-la se for possível.

– Claro que quer. Seja paciente.

– Mas o senhor não pode estar querendo me dizer que Debbie tenha se apaixonado pelo bandido. Eu o vi. Ora, ele

---

1 Estado psicológico particular desenvolvido por vítimas de sequestro, em que o refém desenvolve algum sentimento pelo criminoso. Essa síndrome ficou conhecida durante um assalto em Estocolmo, que durou cerca de 5 dias e suas vítimas protegiam os criminosos, mesmo após a libertação dos reféns. (N.P.)

nem sequer estava limpo. Debbie... O que o senhor disse sobre ela estar com medo dos outros e ele ser mais gentil com ela. Isso eu consigo entender. E se ele a deu de comer o tempo todo e ela se sentia dependente dele, entendo que ela tente defendê-lo, mas não... O senhor não conhece Debbie.

– Mas entendo de sequestros – ele lhes contara sobre a cocaína, mas não contara mais nada. Já havia acabado mesmo. – Quando ela voltar ao normal, tente não fazer com que ela acabe se sentindo culpada.

– Quanto tempo...?

– Talvez um mês. Vou precisar que ela deponha novamente quando se sentir em condições de falar comigo.

– Ela parecia tão diferente. Os cabelos todos desgrenhados, e seus olhos... nunca vou me esquecer de seus olhos e de seu cheiro quando eu... aquela não era Debbie.

– Por favor, não se preocupe. Acabou.

Ele lhe telefonara no dia seguinte.

– Como ela está?

– Tenho certeza que ela está um pouquinho melhor... mas às vezes ela fica nos observando. Posso sentir que ela nos observa. Não sei se entende o que quero dizer.

– Entendo, sim.

– Ao sonhar, ela fala italiano. Ficamos ao lado dela a noite inteira, eu e John. E hoje ela me disse "estou com fome", assim, e nem era hora de comer. Talvez ela esteja melhorando. Antes ela não queria comer.

– Não espere demais. – Quantas vezes ele repetira aquelas frases feitas ao longo dos anos? Não que o que ele dizia importasse muito, contanto que ele estivesse calmo.

– Pensei em tudo que o senhor me disse. Deve ser besteira minha, mas não consigo parar de pensar nas canções, todas as canções de amor, sabe o que quero dizer, que falam de correntes e de capturas. Não sei por que isso me veio à cabeça, mas veio. E dar de comer é sempre parte de fazer a corte; li isso em um artigo... O senhor deve achar que é besteira minha...

– Não, não...

– Estou tentando entender como Debbie e eu poderíamos...

– Simplesmente fique perto dela.

Ele baixou os olhos novamente agora para a montanha de papéis que ele tinha que ler e assinar. Com esforço, ele poderia terminar ainda naquela manhã. Ele pegou a pilha de papéis datilografados com o que deu para extrair dos cadernos da garota. A datilografia fora apressada e a tradução estava imperfeita, mas servia por agora. Outro transcrito foi feito quando o laboratório terminou a recuperação das páginas. A primeira folha continha parte de uma carta para Katrine Nielsen.

1. ...eles conversam o tempo todo enquanto a coisa acontecia, você entende isto? Ninguém me diz para onde te levaram. Ninguém fala inglês e eu não entendo o italiano que eles falam. Durante três dias eu não falei nada. Estava esperando que eles me matassem, fiquei apenas deitada e parada, esperando. Tem tanta coisa que eu queria te escrever, mesmo que fosse apenas neste caderno. Eles não levaram nenhuma das minhas coisas, nem mesmo meu relógio, mas

somente posso escrever quando tem luz suficiente vindo da lareira. Eu quero... (DESCONHECIDO. Dez linhas apagadas) Cont...

2. ...imaginava que eu podesse suportar qualquer coisa tão assustadora quanto isto, mas continuo dormindo, caminhando e até comendo. Qual diferença teria feito para eles nos manter juntas? Passei o dia inteiro pensando como vai ser quando nos libertarem. Quero dar risada como fizemos naquele restaurante no aniversário de Jacqueline quando ela não conseguiu se lembrar do fim da piada que ela tentou nos contar e errou na três línguas. Dar risada sem pensar nem se importar com nada. Agora nem consigo imaginar como alguém pode rir daquele jeito. Nunca imaginei que o mundo pudesse ser tão triste e feio assim. Se eu soubesse, jamais teria ficado infeliz, nem por uma hora que fosse. Agora não tem nenhuma luz e as pessoas não têm rosto. Não quero morrer aqui onde ninguém me conhece. Ninguém se aproxima, a não ser para trazer comida e...
(DESCONHECIDO. Oito linhas apagadas)

3. 9 de março
Eu não como nada há dois dias. Não tenho mais medo de morrer, mas me recuso a ser abatida feito um animal neste buraco escuro. Somente o mais novo fala comigo. Eu odeio a todos. Até uma criança aparece aqui às vezes com o rosto coberto.

10 de março
Deus me ajude. Alguém me ajude. Não quero morrer. Se isto é um castigo por tudo o que fiz, então somente posso aguentar e esperar. Acho que este é o lugar mais triste do mundo. O vento uivou a manhã inteira e agora ouço a chuva. Ouço-a entrando pelo telhado e está tudo úmido e frio. Chorei tanto hoje que agora me sinto totalmente vazia. Não me pergunto mais por que estou chorando. Às vezes é apenas porque quero ouvir minha própria voz. Ontem à noite chorei um pouquinho por causa das cólicas que senti e porque eu não sabia como lhes pedir o que estava precisando, mas eles entenderam mesmo assim e tinham tudo. Eu estava com tanto frio e tremendo tanto que ele me deu uma pele de carneiro. Eu a deixo nas pernas, longe do rosto, por causa do cheiro.

11 de março
Pedi roupas limpas a eles. Eu pedi a ele. Odeio a todos. Jamais imaginei ser capaz de sentir tanto ódio. Eu os odeio não somente por isto, mas por tudo de ruim que um dia me aconteceu. Apenas tenho medo de um deles. O gordo que...
(DESCONHECIDO. Duas linhas eliminadas)

... ele disse que eu não devia sentir medo, que eles não iam me fazer mal e que o senhor viria me pegar e me levar para casa. Não entendo as outras coisas que ele diz.

Por favor, venha logo, porque acho que não consigo...
(DESCONHECIDO. Duas linhas apagadas)

4. A página contém vocabulário em italiano e em inglês. Algumas palavras têm pequenos desenhos ao lado e as últimas seis linhas estão apagadas.

5. ...me fez ouvir rádio. Ouvi meu nome, mas não entendi nada porque falavam rápido demais. Eles me vendaram porque veio alguém. Eu sei quem era. Era o gordo. Jamais esquecerei sua voz. Por favor, Deus, aconteça o que acontecer, não me deixe a sós com ele. Se acontecer, eu sei o que fazer, mas somente se eu tiver coragem. Penso nisso todo dia, portanto, se o momento chegar, não terei medo. Hoje ele me deu um cordeirinho recém-nascido para segurar. É a primeira coisa viva que toco desde que cheguei aqui. Como algo tão trivial pôde me fazer tão feliz? Ele ficava enfiando o focinho no meu pescoço querendo mamar. Eu puxei a pele bem próximo aos nossos rostos para nos aquecer. Choveu o dia inteiro outra vez. Ele acabou de pôr lenha na fogueira. Está chamuscando e enchendo o quarto de fumaça. Eles...
(DESCONHECIDO. Oito linhas eliminadas) Cont...

6. ...como tudo que eles dão porque eu quero viver. Quero sair deste lugar para ver a luz, mas não há sinal de você. E se ninguém descobrir onde estou? À noite eu tento me lembrar de algumas orações que

dizíamos na escola, mas tudo o que me vem à cabeça é pedir que Deus me ajude, Deus me ajude, sem parar.

19 de março
Mesmo se isto for um castigo, já é demais. Não posso merecer algo tão ruim assim. Sofro tanto por causa do escuro que acho que se eles me soltassem por um dia eu ia acabar voltando. Apenas um dia para eu começar a ter esperanças de novo. Se me deixarem aqui por muito tempo não vou conseguir sobreviver, pois ninguém aguenta mais solidão e desespero do que isto.

20 de março
Todo dia de manhã e de noite ele traz o cordeiro para aquecê-lo e alimentá-lo com uma mamadeira, como um bebê. Ele não consegue caminhar porque as pernas traseiras são fracas.
(DESCONHECIDO. Oito linhas eliminadas)

7. ...somente mais uma palavra, pois não aguento mais. O gordo veio. Eles não me vendaram porque ele estava com uma máscara de esquiador como os outros. Eu vi seus olhos. Sei que posso fazer isto. Tem tanto ódio dentro de mim. Sinto algo horrível, como fogo em meu coração. Ele matou o cordeiro, bem em frente à porta para que eu o ouvisse morrer. Depois me forçou a comer dele. Quero tanto dizer a verdade sobre tudo.
(DESCONHECIDO. As palavras "eu queria comer o

cordeiro. Menti para Katrine sobre o Natal" foram parcialmente riscadas.) Se um dia eu sair, lhe contarei a verdade. Ele me deu o rádio para ouvir, mas eu não entendia nada do noticiário.

22 de março
Todas as manhãs eu o observava trazer o leite e pingar nele aquele líquido amarelo da garrafa empoeirada. Depois mexer com aquela vareta pontuda. Os movimentos são sempre exatamente os mesmos. Então ele traz o leite exatamente quarenta e cinco minutos depois. Se ao menos os outros saíssem eu ficaria aqui esperando quietinha e faria tudo que ele dissesse, mesmo que ele não estivesse aqui. Eu não tentaria escapar. Eu obedeceria e seria paciente até tudo terminar e...
(DESCONHECIDO. Sete linhas eliminadas)
(A margem desta página tem um desenho infantil de uma casa com um telhado pontudo e fumaça saindo da chaminé. Duas pessoas dentro da casa. Uma corrente e um cadeado ao redor da borda externa.)

8. Desenho do Sol com longos raios na margem esquerda. A última página do caderno contém mais vocabulário em italiano e em inglês. Duas páginas foram arrancadas do meio do caderno.

O capitão grampeou as páginas e as colocou de lado. O diário parava antes da data da mensagem de Maxwell com as três perguntas. Foi para a madrasta que ela correu naquela noite em seu escritório. Todavia, os jornalistas haviam fotografado os três juntos em sua suíte no *Excelsior* na manhã seguinte.

Ele interrogara a garota naquela tarde, mas seu pai estava lá para interrompê-la quando achava que ela ia dizer algo perigoso. Ela ainda estava profundamente chocada e ele teve de fazer apenas perguntas diretas e simples.

Rudolph salvou-lhe a vida? Você compreende que, caso se negue a responder que sim, ele será acusado de assassinato?

O homem gordo a atacou?

Você sabe se defender?

Você se lembra quem lhe deu as flores silvestres?

Você viu Rudolph vir por trás dele com a faca?

Ela olhou para o pai, apavorada não por causa do capitão, mas de medo de dizer algo errado. Da segunda vez, havia um advogado que falava inglês também.

Rudolph começou a desacorrentá-la assim que o segundo guarda parou de caminhar em direção à vocês?

Ela não teria conseguido caminhar até La Selletta depois de ficar imobilizada por quase um mês.

Ele desenterrara o artigo que fora publicado em uma revista policial dois anos atrás. Havia uma fotografia do sargento de Nova York com a seguinte legenda: "É a defesa mais simples e eficiente que existe; simplesmente enfiei os polegares nos olhos. Mas a maioria das mulheres não faz isto."

Talvez não para se defender de um estupro, mas e se sua vida estivesse sendo ameaçada?

De acordo com o depoimento de Garau, eles cogitaram matá-la se o risco se tornasse muito grande. Ele não tinha nada a perder em dizer isso, pois já estava preso quando o caseiro foi morto.

E o garoto de Scano fora pego na mesma tarde em um bar no centro da cidade:

Eu pretendo responder. Eu pretendo dizer a verdade.

R.P.: Estávamos tendo dificuldades por causa da morte de PILADU, que tivera uma *overdose*. Foi o caseiro quem decidiu que era mais seguro se livrar da garota depois que decidíssemos de quanto seria o resgate. Ela ainda estava lá quando eu saí no domingo de manhã e ele veio para me liberar. Estávamos com falta de guardas desde que GARAU fora preso depois de uma briga.

R.P.: Eu não sei a causa da briga com o cara da cicatriz. É possível que ele suspeitasse de algo e quisesse uma parte, pois foi ele quem apresentou a garota a GARAU, mas não sei.

R.P.: Eu conheço Giuseppe PRATESI, pois ele tinha uma fábrica perto de Pontino. Todo mundo o conhece. Não sei se GARAU o ajudava a fazer caixa 2, mas sei que ele fazia, às vezes por meio de drogas, outras vezes de tráfico de armas. Acho que o traficante era siciliano, mas não sei. Não sei os nomes de nenhuma das pessoas com quem Garau lidava. Sei que ele pegava um percentual, mas não sei de quanto. Garau era quem estava encarregado de lavar o dinheiro do resgate.

R.P.: O manto que eu usei na Piazza Pitti era de Rudolph. Pedi a ele para me emprestar, pois estava nevando. Eu disse a ele que estava frio. A gaita de foles é do meu pai, não sei tocar. Eu a escondi na traseira do caminhão. Garau o pegou emprestado. Nosso plano era culpar Rudolph se algo desse errado, ele é meio simplório.

R.P.: Somente comprei heroína para uso próprio.

O telefone tocou.
– Marechal Guarnaccia ligando de Pitti, senhor.
– Ponha-o na linha. Bom dia, marechal. Pensei que o senhor tivesse ido para sua casa em Siracusa.
– Não, não. Não faz mais do que seis semanas desde que estive lá. Minha mãe morreu... E, como meu brigadeiro acabou de se casar, achei que ele devia tirar folga na Páscoa... Eu lhe telefonei porque me lembrei de algo que pode ajudar a resolver o quebra-cabeça, uma coisa que eu vi.
– Sim?
– Garau... ou Baffetti, como o chamam, foi pego roubando roupas da assistência a ex-prisioneiros no Tribunal de Apelações. Eu estava lá por outro motivo e o vi

saindo sorrateiramente pelo portão e a mulher que estava lá disse que era dia de distribuição de roupas de mulher, não de homem.

– Entendo. Por isso os Maxwell não conseguiram identificar as roupas que encontramos na casa de Rudolph. Sabíamos que não eram da cunhada de Demontis, que é baixa e gorda.

– O senhor encontrou Demontis?

– Facilmente. Nem precisa dizer que a cunhada não lhe deu abrigo e nós o encontramos no galinheiro de Scano.

– E a garota? Disse alguma coisa?

– Praticamente nada. O pai não deixa.

– Que caso complicado.

– Muito. Como está Cipolla?

– Ele está melhor, mas vai tentar de novo. Para alguém como Baffetti que já se sente em casa na prisão, estar preso é diferente do que é para Cipolla... ele vai tentar de novo. Ele não tem nenhuma esperança em que se agarrar. Nem teve filhos. Todo homem devia ter filhos. O senhor deve estar atolado em papéis.

– Estive, mas espero terminar agora de manhã.

– Vou pegar um pouco de ar fresco enquanto as coisas estão tranquilas.

– Não vai conseguir passar pelas ruas!

– Não devo pegar a direção do centro. Vou dar uma caminhada pela beira do rio.

– Se passar por aqui, entre. Gostaria de dar uma palavrinha sobre Rudolph.

– O senhor conversou com o brigadeiro?

– Conversei, mas agora ele saiu de férias. Seu novo marechal chegou.

– Bem... devo dar um pulo aí.

– Se passar para o lado de cá do rio.

O capitão trabalhou por mais meia hora até que parou para esticar as pernas e tomar uma decisão. Ele jamais chegaria a lugar nenhum tentando fazer Maxwell enxergar seu ponto de vista. Ele não tinha opção a não ser insistir em conversar com a garota sozinha. Ela precisava falar com alguém mesmo, para seu próprio bem. Ele se sentou novamente e pegou o telefone.

– Gostaria de falar com o senhor Maxwell no *Excelsior*.

Quando lhe passaram a ligação, uma voz respondeu:

– Lamento, mas o senhor Maxwell e família fecharam a conta ontem à noite.

– Fecharam a conta? Sabe aonde eles foram?

– Acho que voltaram para os Estados Unidos.

– Obrigado.

Ele pôs o fone no gancho e ficou sentado por um momento olhando para os dedos na ponta da mesa. A dor de cabeça, que somente agora ele percebera que havia desaparecido, estava voltando. Mesmo que ele soubesse, dificilmente poderia tê-los detido. Todas as provas estavam contra Rudolph, e a garota já havia sofrido demais. Ele levaria pelo menos um mês para chegar à verdade e não tinha direito de manter prisioneira a vítima de um sequestro. A menina Nilsen apenas ficara porque os sequestradores a mandaram ficar.

Ele se sentiu derrotado, em parte por causa do bando esquálido que prendera e que, afinal de contas, conseguira fazer Rudolph levar a maior parte da culpa, e em parte por Maxwell, pois os Maxwell deste mundo faziam a própria lei. Ao menos, ele refletiu amargamente, desta vez não estava se sentindo derrotado pelo magistrado.

Ele fisgou uma série de números de telefone do bolso de cima do casaco e tentou ligar para alguns deles, tirando os telefones de restaurantes, pois ainda era muito cedo.

Conseguira no quarto número.

– Achei que o senhor gostaria de saber que Maxwell foi embora.

– Para os Estados Unidos?

– Sim.

– Então terá de segui-lo.

– Sim. De preferência dentro de três semanas. Acho que ela vai querer falar comigo. Tenho muita esperança que ela fale com a madrasta, que entrará em contato. Enquanto isso, vou terminar com a papelada hoje e lhe envio os arquivos amanhã. O caso pode seguir sob Instrução.

– Ligarei para o juiz instrutor pela manhã.

Fussari pôs o fone no gancho e jogou a cabeça sobre o travesseiro. O sol estava brilhando através das persianas externas, formando faixas pelos lençóis brancos desalinhados.

– Quem era? – perguntou uma voz soporífera ao seu lado.

– Os *carabinieri*.

– Vai precisar sair?

– Não, não. Eles não precisam mais de mim... se é que precisaram – ele levantou os olhos para os querubins que se divertiam no teto pintado. – Alguns desses camaradas me matam de medo.

– Bobagem... não acredito em você.

– Você não conhece Maestrangelo. Acho que é o homem mais sério que já conheci.

– Então está falando sério. – ela se levantou o suficiente para ele beijar-lhe o ombro.

– Somente quando estou com você.

– Aaah, agora você está sendo ridículo!

– Não estou sendo nada ridículo – ele disse gravemente. – Venha cá... assim é melhor. É para isso que a vida serve.

Não havia traço de ironia em sua voz, nem a menor sugestão em seu olhar de que ele pudesse estar em outro lugar com a mesma tranquilidade.

O marechal passou apenas por alguns turistas que estavam conferindo os nomes das ruas em seus guias e mapas e indo para o centro e para a catedral. De resto não havia mais muita gente, exceto uma ou duas pessoas de sua área, mulheres saindo às pressas da missa das nove e meia para comprar o assado misto de Páscoa e pequenos grupos de homens em ternos de domingo, mas sem gravata fofocando em frente ao Clube Comunista. Os bares estavam cheios de verdadeiras florestas de ovos enrolados em folhas metálicas e havia diminutos ovos de açúcar rosados e amarelos pendurados nas janelas.

– Bom dia, marechal.

– Bom dia.

– Feliz Páscoa.

Na esquina da Piazza Santo Spirito um velho com uma flor na lapela estava vendendo azaleias e lírios em grandes baldes de plástico sobre um peitoril de pedra.

Algumas das ruazinhas minúsculas estavam bem vazias.

Ele atravessou o rio da Ponte alla Carraia e parou por um momento para observar as canoas passando por baixo na água verde-oliva. Mais ou menos uma dúzia de homens pescavam na barragem.

Ele não tinha intenção de caminhar para tão longe quanto Il Prato, mas foi atraído por uma percussão ao longe e pelo vislumbre de bandeiras de seda flamulando à luz entre os edifícios. Ele havia chegado tarde demais. As famílias estavam dispersando-se e as enormes arquibancadas atadas às árvores estavam sendo desmontadas. Dois homens de casacos alaranjados estavam recolhendo a sujeira da rua perto dos touros brancos. Um dos animais havia perdido uma grande flor de plástico da guirlanda.

O marechal bem que gostaria de ter visto o carro em forma de pagode que seguira rumo à catedral, pois era a primeira vez que ficava para a Páscoa, mas a esta altura ele já deveria ter alcançado as ruas próximas ao centro, onde milhares de pessoas esperavam-no, e com o carro de bombeiros seguindo atrás ele teria pouca chance de ver mais do que o topo do carro. Em todo caso, era melhor dar um pulo no quartel-general, já que estava deste lado do rio. Uma vez ele mandara um cartão-postal da paisagem para os garotos. Um dos funcionários da prefeitura, vestido de camponês com casaco curto de couro e chapéu de palha, segurava um touro pelo chifre dourado. Os garotos ficaram decepcionados, pois queriam uma foto do carro explodindo. Talvez ele encontrasse uma mais tarde, depois que as coisas se acalmassem na cidade.

Ele precisava se abrir com o capitão sobre o jovem Bacci, mas provavelmente não faria isso. O capitão fazia o garoto trabalhar demais. Não havia mal em fazer carreira, mas isso não era tudo. Necessitava encontrar uma boa garota italiana e sossegar, tinha de parar de se fazer de bobo. Mas o que se podia esperar com ele trabalhando sete dias por semana?

O marechal caminhou vagarosamente. Quem sabe ele dissesse algo, enfim.

Por Rudolph ele sabia que nada podia fazer. Outro pastor estava cuidando de seu rebanho e o irmão mais novo voltara para a Sardenha.

Rudolph estava deitado em uma cela superlotada, olhando para um pequeno quadrado fechado no teto no qual havia um outro quadrado azul ainda menor no canto superior esquerdo. Quando os outros quatro o convidaram para participar do jogo de cartas ele não respondeu, ou então não ouviu. Um dos jogadores, um napolitano, riu e disse:

– Se ele não falar, deixe-o para lá. Os sardenhos são todos iguais. Outra carta...

Rudolph virou-se sob o cobertor e ficou olhando para a parede esburacada.

Sobre a autora

Magdalen Nabb nasceu em Lancashire em 1947 e formou-se ceramista. Em 1975, abandonou a cerâmica, vendeu a casa, o carro e se mudou para Florença com o filho, sem mesmo conhecer ninguém e sem falar italiano, para se dedicar à carreira de escritora de tramas policiais e de livros infantis. Faleceu em 2007.

INFORMAÇÕES SOBRE NOSSAS PUBLICAÇÕES
E ÚLTIMOS LANÇAMENTOS
Cadastre-se no site:
www.novoseculo.com.br
e receba mensalmente nosso boletim eletrônico

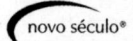

novo século®